KB021523

시골책방입니다

# 시골책방입니다

임후남 지음

추천의 글 　　　장작화덕만큼이나 뜨거운,
　　　　　　　　핫한 시골 책방


　시골 책방 <생각을담는집>은 외진 곳에 숨어 있어 동화
의 나라 같다.

　어쩌면 그곳에는 비슷한 사람들이 모여들지도 모른다. 마
음속 한 구석에 마저 끓이지 못한 차 한 잔이 있는 사람들이
도착하고 싶은 곳. 그 곳에서는 어떤 자석의 힘에 끌려 도착
한 뒤 책 사이로 몇 줄의 책을 읽다 와락 자신의 이야기를
털어놓고 싶어지는지도 모른다. 책방주인인 임후남 시인의
서글서글하면서도 너른 품 때문이겠다.


　작은 책방을 열고 싶은 사람들이 한번쯤 꼭 가봐야 하는
곳, "나이 들어 한적한 곳에서 살면서 내가 좋아하는 걸 하
고 싶어" 라고 외쳐댔던 사람들이 찾아와 가만히 깨닫는 성

소인 곳. 독자들을 위해 준비하는 야무진 문학 행사들이며 사계절 살가운 자연의 속삭임을 듣는 일까지, 그 시골 책방에는 무엇 하나 얼기설기한 것이 없다.

큰 책방을 찾았던 사람들에겐 상상도 할 수 없는 뭉근한 담소의 정이 오가고, 북스테이를 하며 자고 가는 사람들과는 깊은 속 이야기도 스친다. 살아가면서 누군가는 흘리고 누군가는 줍게 되는 삶의 재료들은 참 뭉클하고 짜릿하다.

이 책 『시골책방입니다』를 읽는 내내 "나도 조금만 있다가 아주 조금만 있다가 이런 따뜻한 문화 공간을 만들어 보고 싶다"는 절절한 자극을 받게 되었다. 그러다가도 '따뜻한 것이야 말로 주인이 만들어내는 향료와도 같은 것일 텐데 말이지' 하고 스스로를 타이른다. 시골적이며, 인간적인 것은 우리의 영혼을 건드리고 자극시킨다. 그 의미는 영원히 변하지 않을 것이므로 더 그렇다. 그런 의미에서 내가 아는 한 시골 책방 <생각을담는집>은 장작화덕만큼이나 뜨겁다. 요즘 말로 '핫하다'는 말이다.

이병률 _시인, 여행작가

들어가며

어떤 손님이 탈지 전혀 알 수가 없지요. 그래서 조금 위험하기는 해요. 하지만 많은 사람들을 만날 수가 있어요. 대중을 알아야 해요. 거기에서 인생에 대해 많은 걸 배운답니다. 대중을 알지 못한다면 아무것도 모르는 것이죠. 생각을 나누면서 사람들에게 많은 것을 배우니까요. 꼭 학교에 다니는 것 같아요. 여러 종류의 사람을 만나면 도움이 되지 상처가 되지는 않아요. (중략) 늘 같은 종류의 사람들과 있기만 하면, 늘 같은 옷을 걸치고 있는 것과 마찬가지랍니다. 그래서 싫증이 나죠. 그러나 대중은 늘 신선하지요. (『비통한 자들을 위한 정치학』 중에서, 파커 J. 파머 지음, 김찬호 역, 글항아리 펴냄)

나는 사람을 만나는 것이 좋다. 이 사람 저 사람, 저마다 다른 색깔로, 다른 목소리로 살아가는 사람들을 만나면 좋다. 같은 사람도 똑같은 이야기를 하는 사람보다 다른 이야기를 하는 사람이 좋다. 책을 읽어도 다양한 책을 읽는 사람이 좋고, 음악을 들어도 다양한 음악을 듣는 게 좋다. 다양하게 읽고 들어도 딱 그 사람이 좋아하는 지점이 있게 마련이고, 그 지점을 이야기할 때 상대방인 나는 듣는 즐거움이 커지기 때문이다.

살면서 좋은 사람들을 많이 만났다. 특히 오랫동안 기자 생활을 하면서 만난 수많은 인터뷰이들은 내게 크고 작은 영향을 미쳤다. 그들의 입을 통해 직접 듣는 삶의 이야기들은 그 어떤 것보다 진했다. 시장에서 평생을 살아온 할머니부터 사회적으로 성공한 이들의 이야기까지, 그들의 삶은 언제나 내게 크고 작은 감동을 줬다. 지금의 나를 만든 건 그렇게 만난 수많은 사람들이다.

나이들수록 새로운 사람을 만날 일이 줄어든다. 시골에 작은 책방을 열고 앉은 지금, 나는 늘 새로운 사람을 만난다. 젊은 학생도 만나고, 아이 키우는 엄마도 만나고, 직장 일에 지친 남자도 만난다. 아이도 만나고, 나이두 사람두 만난다.

그들이 어떤 직업을 갖고 있고, 얼마만큼 배웠고, 어떤 사회적 위치에 있는지는 알 수도 없고 중요하지도 않다. 책을 좋아하는 이유만으로 이곳까지 찾아오는 사람들. 우리는 그래서 수평적 관계로 이야기를 나눈다. 때로는 책 이야기로, 때로는 살아가는 이야기로, 때로는 음악 이야기와 식물 가꾸기 등으로. 그러니 우리들의 이야기는 언제나 빛이 난다. 그러면서 나는 그들을 통해 또 배운다. 요즘의 젊은 세태를 배우고, 요즘의 자녀교육을 배우고, 요즘의 나이듦을 배운다. 그러면서 또 생각한다. 어떻게 살아갈 것인가.

그들이 떠나간 자리에서 나는 혼자 남아 그들을 생각하곤 한다. 손님으로 아주 잠깐 만났다 헤어지지만 내게 깊은 인상을 줬던 이들은 가끔 그립기까지 하다.

시골 책방에는 사실 그렇게 많은 사람이 찾아오지 않는다. 누군가 문을 열고 들어오는가 싶어 보면 바람소리인 날도 많다. 그런 날 나는 마당으로 나간다. 계절마다 다르게 피고 지는 꽃과 풀을 본다. 아침나절 마당에서 일을 하다 보면 훌쩍 점심때가 되는 날도 많다. 손톱 끝에 흙때가 끼고, 손은 거칠어졌다.

봄이면 감자를 심고, 상추와 고추, 토마토, 바질 등 모종을 심고 씨앗을 뿌린다. 그것들을 가꾸고 수확해서 밥상을 차린다. 친구가 찾아오면 상추 한 움큼 무 한 개씩, 싸 주고 뽑아주는 즐거움을 누린다.

북스테이를 하면서 하룻밤 묵은 사람들에게는 직접 만든 바질페스토를 넣고 샌드위치를 만들어 내놓는다. 그들을 위한 식사를 준비할 때면 아침 햇살이 커다란 나무에 찬란하게 비춘다. 때때로 버터를 바르다 그 풍경에 넋을 놓는다.

비 오는 날은 빗소리에, 눈이 오는 날에는 눈발에, 바람 부는 날에는 큰 숲이 만들어내는 바람 소리에 나는 넋을 놓는다. 이렇게 종종 넋 놓고 살아가다 문득 생각한다.

참 좋다.

도시에 사는 아이가 시골 할머니 집에 와서 말했다.

"책방 가서 책 사 주세요."

손녀 손을 잡고 온 할머니가 우리 책방에 와서 말했다.

"오래 살다 보니 이 시골에 책방이 생겨서 손녀를 데리고 오네요. 고마워요."

도시 생활을 접고, 시골에 작은 책방을 차리고 살아간다. 시골살이도 처음, 책방도 처음. 나이들어 새로운 길에 들어서는 것은 불안하다. 그러나 따지고 보면 모든 게 처음 가는 길이다. 인생은 딱 한 번이므로. 실패하면, 하는 염려보다는 어떨까, 하는 설렘이 컸던 이유다.

책방 문을 열고 하루 종일 바람만 드나들 때 누가 올까 싶었다. 손님만 기다리지 않고 잡초를 뽑고, 푸성귀를 다듬고, 책을 읽고, 음악을 듣는 동안 누군가 왔다. 그래서 오늘도 어떤 손님이 찾아올까, 설렌다.

지금 시골 책방에서는 독서 모임이 열리고, 글쓰기 수업이 진행된다. 작가들이 와서 강연을 하고, 클래식 연주자들이 와서 콘서트를 연다. TV 없는 방에서 책을 보며 하룻밤 북스테이를 하기도 한다. 시골 책방의 기적이다.

이 책은 나의 시골살이와 책방을 찾아온 이들의 이야기다. 시골 책방을 찾아오는 이들이 없었다면 이 책은 나올 수 없었다. 각박한 세상이라고 해도 내가 이곳에서 만나는 이들은 더할 나위 없이 마음 따듯한 이들이었다.

그 편한 인터넷 서점을 마다하고 책 한 권 사러 찾아오는 사람들. 그리고 대기업과 안정된 직장 등 세상이 요구하는 성공의 잣대 대신 각자의 결대로 작은 책방을 꾸리면서 그들과 소통하는 작은 책방 주인들. 그들을 통해 나는 배우고 또 배우면서 오늘 하루치를 살아낸다.


2020년 봄 시골 책방 생각을담는집에서

# 목차

## 1장

~~~~~~~~~~~~~~~~~~~~~~~~~~~~~~~~~~~~~~~~~~~~~~~~~

# 2장

## 3장

# 4장

# 5장

1장

# 1. 시골에
## 책방이라니!

"이런 시골에 책방이라니요!"

책방을 찾아오는 사람들이 하는 말이다. 주소를 찍고 오다 마을로 접어들어서 조금 더 들어와야 하다 보니 중간쯤에 그만 돌아갈까 하다 전화를 하는 경우도 있다. 처음 작은 책방을 하겠다고 했을 때도 마찬가지였다.

"요즘 세상에 서점이라니! 그것도 시골에? 취미 생활이 아니고서야 ……."

어느 날, 남편이 퇴직했다. 퇴지 후 이렇게 살아갈 것인가에 대한 생각을 막연하게 할 때였다. 퇴직은 현실이다.

닥친 후에야 어떻게 살아갈 것인가, 생각을 시작했다.

퇴직 후 삶에 대해서 말할 때 가장 많이 이야기하는 것이 경제적인 문제다. 물론 우리도 예외는 아니었다. 곧 60을 바라보는 나이에 퇴직을 했는데 아직 아이는 고등학생이었다. 당시 우리는 잠시 서울을 떠나 근교 전원주택에서 세를 살고 있었다. 아이가 학교를 마치면 다시 서울로 돌아갈 생각을 하고 있던 우리는 생각을 바꿨다. 굳이 서울에 다시 들어가 살 이유가 없었다.

서울을 떠나고 보니 삶의 만족도가 높아졌다. 무엇보다 집값이 서울과 차이가 났다. 주택에 살아보니 아파트보다 좋은 점이 훨씬 많았다. 다시 아파트에 들어갈 생각을 하니 갑갑했다. 공기도 당연히 서울보다 좋았다.

평생 직장생활만 한 남편은 대부분의 남자들처럼 직장이 전부인 것처럼 하고 살았다. 그러니 퇴직 후 다른 일거리를 찾는 것도 쉽지 않았다. 그렇다고 둘이 하루 종일 좁은 아파트에서 얼굴 맞대고 살 수는 없는 일이었다. 전원주택에 살면서 남편은 집안일에 조금씩 재미를 붙였다. 바비큐도 굽고, 눈도 치우고, 낙엽도 쓸었다.

젊은 시절부터 나는 나이들면 시골에서 살고 싶었다. 또 한편으로는 커피와 책, 화초 등을 판매하며 한쪽에서 글을 쓰고 책을 만드는 일을 하고 싶었다. 때때로 요리도 하고.

그러나 이런 것은 그냥 막연한 꿈같았다. 그런데 어느새 그 나이가 됐다! 다행히 예전 같지 않아 서울에 살지 않아도 인터넷으로 일을 할 수 있는 시대.

남편도 시골살이에 흔쾌히 응했다. 우리는 1층은 작업실과 카페, 책방을 할 수 있는 곳, 2층은 살림집을 하기로 하고 살고 있던 지역을 중심으로 집을 알아보기 시작했다. 그러다 점점 그 범위가 넓어졌다. 동서남북 차를 타고 이곳저곳을 여행 삼아 다니는데, 쉽게 집이나 땅이 구해지지 않았다. 어떤 용도의 집을 원하느냐고 물었을 때, 책방 같은 것을 하고 싶어요, 라고 하면 다들 고개를 갸웃했다. 시내에 있는 서점도 문을 닫을 판에 시골 마을에 책방이라니. 아마도 그들은 내가 말을 잘못한 줄 아는 듯했다. 내가 다시 수정해서 북카페요, 하면 조금은 알 듯한 표정을 지었다.

"아무튼 장사잖아요. 그럼 길가에서 하셔야지!"

우리가 원하는 시골에서의 생활은 길가의 생활이 아니다. 길가에 살려면 굳이 시골을 찾을 이유가 없다. 우리의 생활이 더 중요했다. 2년 여 동서남북 다닌 끝에 지금의 집을 만났다.

"이런 시골에 책방이라니, 참!"

집을 구입하고, 수리를 할 때 사람들이 말했다.


시골에 책방을 차린 지금, 새벽부터 밤늦도록 바쁘다. 시골 책방이라도 매일 새로운 책을 들여놓아야 하고, 매일 또 새로운 책을 읽어야 한다. 찾아오는 새로운 사람을 만나 이야기도 나누고, 정원도 가꿔야 하고, 밭에 푸성귀도 심어야 하고, 바람도 맞아야 하고, 달과 별도 봐야 하고, 산책도 해야 하고.

아파트에 살 때는 손가락 하나 까딱 하지 않던 남편의 일도 점점 더 많아진다. 나무도 전지하고, 눈도 치우고, 낙엽도 쓸고, 바비큐도 굽고, 장작도 패고, 밭도 일구고, 들깨도 털고, 데크도 놓고, 전기도 연결하고, 수도 꼭지도 갈고, 모터펌프도 고치고, 파고라도 세우고.

## 2. 숨소리를
### 듣고 살다

지금의 집은 오래된 시골 마을 끄트머리에 있다. 집으로 들어오는 길은 깊은 숲속으로 들어오는 듯하다. 큰 느티나무들이 즐비하기 때문이다. 서울 근교라는 게 가끔 믿기지 않는다. 서울을 다니는 것은 그래서 그리 어렵지 않다. 남부터미널에서 시외버스를 타면 불과 45분, 버스 정거장에서 집까지는 승용차를 타고 5분 남짓 거리에 집이 있기 때문이다. 남편은 서울 선릉역 근처에 있는 사무실을 가끔 나가는데 1시간 조금 넘는 거리라고 한다.

그래도 이곳은 시골이다. 용인터미널, 수원역까지 가는 시내 버스가 있지만 서울이나 대도시처럼 자주 다니지 않는다. 전형적인 시골마을인 이곳에 외지 사람들이 집을 짓고 살면서 인구가 조금씩 늘어나고 있고, 최근 대기업이 들어오기로 하면서 땅값이 들썩였지만 아직 시골이다. 그래서 좋다.

뒤로는 두 팔로 감싸 안는 산이 있고, 앞으로는 용을 닮았다는 용담 저수지가 있는 곳. 마을로 들어오는 길은 대형 버스나 큰 트럭이 들어올 수 없고, 옆으로는 산으로부터 흘러내리는 작은 개울이 있다. 물은 어찌나 맑은지 조금 위로 따라 올라가면 반딧불이가 산다. 보호수로 지정된 수백 년 된 나무가 있고, 두 팔을 크게 벌려도 다 껴안지 못하는 나무들이 숲을 이루며, 그 위로 오래된 집들 몇 채가 그림처럼 펼쳐진다. 집 마당으로 들어서면 하늘로 치솟은 소나무 숲이 가득 펼쳐진다.

어렸을 때 내가 살던 집 마당에는 맨드라미가 피어 있었다. 엄마는 좁은 마당에 패랭이꽃도 심었다. 청년 시절에 부모님은 단층짜리 집을 헐고 4층짜리 집을 지었다. 마당이 사라진 집에서 엄마는 거실에 화초를 들이셨다.

청년 시절 그 집을 떠난 나는 원룸과 오피스텔을 거쳐 아파트에서 살았다. 아이를 키우고 직장을 다니던 시절 오랫동안 살던 곳은 주상복합 건물이어서 지하에는 식당들이 즐비했고, 사우나가 있었다. 바로 앞에 유명 백화점이 있고 그 안에는 대형 서점과 영화관, 커피숍 등이 있었다. 지하철역이 바로 옆이었다.

더 이상 생활이 편안할 수 없던 그 시절, 나는 자주 집을 떠났다. 혼자 떠날 수 없어 아이를 앞세워 서울 곳곳을 다니고 전국을 다녔다. 비행기를 타고 제주도도 날아가고, 외국도 날아갔다. 산에도 가고, 바다에도 가고, 강에도 갔다.

집은 쉬는 곳임에도 불구하고 온전한 쉼을 주지 않았다. 오래전부터 마음속에는 언젠가 시골, 이라는 생각을 하고 살았다. 그러나 젊은 시절에는 생각했다. 영화도 못 볼 텐데, 쇼핑도 못할 텐데, 공연도 못 갈 텐데, 운동도 못할 텐데, 친구도 못 만날 텐데, 나이들면 병원 가까운 곳에 살아야 한다는데 ……. 

그래서 시골에 산다는 것은 막연한, 그냥 꿈같은 것이었다. 명품 핸드백 들고 나가 사람들과 이야기했다. 언젠가 시골에 살고 싶어.

나이를 먹고, 일을 줄이고, 더 이상 도시에 살 이유가 없다는 생각이 들었을 즈음 그동안 그렇게 중요하게 생각했던 것들이 뒤로 밀렸다. 하지 않으면 뒤떨어지는 것만 같았던 것들이 점점 사라졌다. 돌이켜보면 내가 중요하게 생각했던 것들 중에는 좋아서 하는 것도 있었지만 그 '좋아하는 것' 속에는 남들과의 비교가 있었다. 한참 이슈가 되고 있는 영화나 음악회, 전시회 등을 나도 봐야 사람들과 대화를 나눌 때 편했다. 나도 그 정도는 알고 있고, 나도 그 정도는 하고 있다고 내 안에서 말하는 것이었다. 그렇게 함으로써 '나'를 그들 안으로 들어가 있게 하고 싶었다.

시인 L이 우리 책방에서 독자와의 만남을 할 때 누군가 물었다.

"행복하지 않은 사람들은 어떤 사람들이라고 생각하세요?"

"음 ……, 남들이 여행 가니까 여행 가는 사람, 남들이 뭐 하니까 나도 뭐 해야겠다고 하는 사람."


시골은 도시보다 불편하다. 엘리베이터를 타고 내려가 외식을 할 수 있는 집에 살던 때와 비교한다면 불편한 정도가 상상할 수 없다. 그러나 이런 불편함을 즐겁게 누릴 수 있는 곳이 시골생활이다.

겨울엔 해가 일찍 떨어진다. 숲에 둘러싸인 이곳의 어둠은 더 빨리 온다. 그러나 문밖을 나서면 그 어둠의 냄새는 우리가 도시에서 느끼는 냄새와 다르다. 겨울 하늘에는 얼마나 많은 별들이 빛나는지.

도시에서 살았으면 여전히 집을 떠나기 위해 끊임없이 이곳저곳을 기웃거렸을 나는 지금은 이곳을 보는 데만도 하루가 아깝다. 가만히 앉아 나를 들여다보는 데도 어느새 저녁이 된다. 가끔 가고 싶은 전시회도 있고, 꼭 듣고 싶은 연주회도 있고, 화제가 되는 영화를 극장으로 달려가 보고 싶은 마음이 아예 사라진 것은 아니어서 가끔 마음이 뜬다. 그래서 일정을 맞춰보고 메모해놓곤 하지만, 그것이 며칠 흙에 마음 주고, 나무에 마음 주고 있다 보면 슬그머니 사라진다.

이렇게 주저앉아 영영 나가지 않는 게 아닌가, 때로는 염려가 된다. 그러나 오래 밖에서 떠돌다 살았으니 이렇게 있어도 좋지 않을까. 무엇보다 심심할 새 없이 하루가 가는데.

이제 이곳의 밤 냄새를 맡으러 나간다.

## 3. 젖은 날들

빗줄기가 점점 거세진다. 마당의 흙이 튀어 오른다. 소나무는 점점 물을 먹어 진해진다.

마이클 호페의 <레퀴엠>을 들으며 한두 해를 사이에 두고 일찍 떠난 사람들을 추모한다. 시인 허수경과 배영옥, 평론가 황현산, 작가 김서령, 철학자 김진영, 소설가 박지리 ……. 모두 망연했던 죽음들. 밥상이나 찻잔을 사이에 두고 앉았던 사람도 있고, 글로만 봤던 사람도 있고.

작곡가 마이클 호페는 이 음반을 자신의 아버지와 그동안 곁을 떠나갔던 이들에게 바친다고 했다. 덧붙여 '이 앨범을 통해 서로의 아픔을 위로받는 시간이 되길 바란다. 특별히 떠나보내야 했던 가슴 시린 추억을 마음에 간직하고 있는 분들에게 이 앨범을 드린다'라고 쓰고 있다.

젖는 날,
젖어올 날들,
다시 오지 않을 날들,
이 비릿한 날들,
먼 날들,
비가 오고,
날들은 가고.

## 4. 앞치마 예찬

책을 읽다 허리춤이 답답해서 앞치마 끈을 풀었다. 아침에 일을 시작하면서 앞치마를 두르면 저녁때까지 앞치마를 두르고 있는 경우가 많다. 때로는 옷을 차려입고 싶어도 앞치마를 두르고 일을 하다 보니 그럴 일이 없다. 다행히 옷 욕심은 별로 없어 계절마다 몇 가지 옷으로 돌려 입고 있다.

얼마 전 책방에서 있었던 작가 초대 행사 때 앞치마를 두르고 사회를 본 것 때문에 말이 좀 있었다. 예의에 어긋난다는 것이다. 그제야 행사 때마다 앞치마를 두르고 진행을 했었구나 싶었다. 사실 그동안 수십 차례 행사를 진행하면서 단 한 번도 내가 앞치마를 두르고 행사를 진행한다는 사실조차 몰랐다. 그도 그럴 것이 거의 항상 앞치마를 두르고 있었기 때문이었다. 출판기념회도 그랬고, 북 콘서트, 클래식 콘서트, 작가와의 만남 다 그랬다. 지위가 높고 유명한 사람이 와도 그랬다. 심지어 몇 군데 인터뷰를 할 때도 모두 앞치마 차림이었다. 때로는 앞치마 차림으로 병원도 가고, 마트도 간다. 앞치마를 두른 것조차 잊는 것이다.

사실 난 앞치마를 꽤 좋아한다. 앞치마 없이 일을 하는 것은 왠지 불편하고 불안하다. 집안일을 할 때도 주방에 들어서면 앞치마를 먼저 두른다.

오랫동안 나는 꽤 많은 앞치마를 거쳐 왔다. 그런데 편한 앞치마를 고르는 게 참 쉽지 않다. 앞치마를 둘러보고 구입해도 막상 일을 하다 보면 편하지 않은 경우가 많다. 디자인이 좋은 값비싼 앞치마보다 시장 앞치마가 더 편할 때도 있다.

내가 좋아하는 앞치마는 딱 두 가지다. 그래서 이 똑같은 앞치마를 두 개씩 갖고 있다. 시인 L이 왔을 때 우리는 잠시 앞치마를 갖고 이야기를 나누었다. 남성인 그가 앞치마를 두르는 이유는 카페와 정원을 갖고 있기 때문인데, 그는 나와 같은 앞치마를 쓰고 있다고 했다. 우리는 서로 같은 앞치마를 하고 있음에 좋아했다. 그리고 이 앞치마가 얼마나 편한지 한참 이야기를 했다. 그러다 그가 말했다.

"그런데 몸 차이가 많이 나는데 맞네?"

그는 몸집이 크고, 나는 그에 비해 훨씬 작다. 그런데도 그와 내가 같은 앞치마를 두를 수 있는 것은 그는 허리끈을 그냥 묶고, 나는 한 번 돌려 묶는 차이에 있었다. 우리는 그것 참 좋은 앞치마네, 가격은 또 얼마나 착하고, 하면서 앞치마 예찬론을 펼쳤다.

한 번은 말레이시아에 사는 지인에게 신세를 지게 되어 선물을 골라야 했는데 앞치마를 사가려고 했다. 내가 두르고 있던 앞치마가 너무 좋아 똑같은 앞치마를 선물하면 좋아하겠다 싶었던 것이다. 그런데 화교인 그는 집에서 거의 요리를 하지 않는다고 했다. 고민 끝에 앞치마 대신 차 사발을 포장해서 갖고 갔었다.

앞치마는 왜 두르는가. 자주 하는 설거지 때 물이 옷에 튀는 것을 방지하는 것이 첫 번째 이유이긴 하지만, 무엇보다 '편함'에 있다. 커피를 내리고, 책도 팔고, 그러다 핸드폰 찔러 넣고 마당도 나갔다 오고, 행사가 있으면 책방 주인이 되어 진행을 한다. 무엇보다 내가 종일 일하는 공간인 카페와 책방에서 앞치마를 두르는 건 당연하지 않은가. 이 제 풀었던 앞치마 끈을 다시 묶고 마당으로 나가야겠다.

## 5. 혼자가 좋아서

토요일 늦은 오후 앳된 여성이 배낭을 메고 들어섰다. 땀 날 정도의 날씨가 아닌데 얼굴에 땀이 가득했다. 용인시 외버스터미널에서 버스를 기다렸다 타고 오느라 1시간이 넘게 걸린 데다 마을에 들어서서도 헤매느라 한참을 걸었다고 했다. 대학교 1학년. 이병률의 『혼자가 혼자에게』 동네 책방 에디션을 이곳에서 구할 수 있다는 걸 알고 찾아온 것이다. 이병률 시인이 곧 북토크를 하러 온다 했더니 고개를 절레절레 흔들었다.

"저, 다시 오기 힘들 거 같아요. 너무 멀어요. 같은 용인이라는 게 믿기지 않아요."

그렇게 말한 그는 한참 혼자 앉아 책을 읽다 주변을 둘러보다 차를 마셨다. 어느 새 저녁이 됐다.

"그 말 취소할게요. 저 여기 아지트하고 싶어요."

더 어두워지기 전에, 이곳은 어두워지면 아주 깜깜하므로 서둘러 보내고 이제 스무 살 그 친구를 한참 생각했다.

젊은 친구들이 오면 그들이 이곳에 오기까지의 모습을 생각한다. 세련되거나 고급지 않은 시골 책방에 일부러 찾아오는 이들의 마음을 들여다본다. 이곳을 찾아오는 이들 중에는 소란스럽게 인증 샷을 찍고 가버리는 이들은 거의 없다. 인증 샷을 찍어 SNS에 올리는 이들보다 조용히 혼자 혹은 둘이 와서 몸과 마음을 내려놓고 간다. 그들 중에는 가끔 이렇게 말하기도 한다.

"여기는 많이 알려지지 않았으면 좋겠어요. 저 혼자만 알고 싶어요."

그런 마음이 예쁘다. 물론 많이 알려지면 이익을 낼 수 있으니 좋지만, 공간을 마음에 간직하고 싶다는 말은 얼마나 고마운 말인가.

언제가 저녁때는 한 청년이 오토바이를 타고 왔다. 노트북을 켜고 일하는 모습을 보고 마당일을 하고 들어와 보니 혼자 피아노를 치면서 노래를 부르고 있었다. 그런 아름다운 젊음을 방해하고 싶지 않아 조심조심 일을 했다. 그리고 남편과 나는 밖에서 모닥불을 피워놓고 깜깜한 밤하늘에서 보름달이 동쪽에서 서쪽으로 넘어가는 모습을 구경하고 있었다. 혼자 오래 놀던 그 친구가 밖으로 나와 인사를 했다. 그 친구를 향해 잘 가라 손을 흔드는데, 달빛보다 서로의 웃음이 더 환했다.

자유롭게, 자기만의 숨소리를 갖고 있는 이들을 만나면 내가 그들을 통해 배운다. 특히 어떻게 살아야 한다는 틀 속에 자기를 가두지 않고, 자기의 모습을 갖고 있는 젊은 친구들을 보면 부럽다. 자연스레 젊은 시절의 나를 돌이켜보게 되고, 지금이라도 내 숨소리를 갖고 살 수 있어서 다행이다 싶기도 하다.


이곳의 밤 냄새는 참 좋다. 아침 냄새도 참 좋다. 오래된 나무들과 개울물이 만나는 냄새들. 내가 태어나기도 전부터 살았을 나무들이 내뿜는 삶의 냄새들. 속으로 나이를 먹어 스스로 깊어지는 나무들. 그런 나무 앞에서 엄살을 부릴 수가 없다.

# 6. '다방'을
## 좋아하는 아이들

"아니, 조그마한 애가 뭔 다방을 그렇게 좋아하는지 모르겠어요."

하루는 이웃집 어른이 오셔서 이렇게 말씀하셨다. 책도 팔지만 커피도 파는 이곳은 당신이 보기에 '다방'이다. 다른 사람이 '다방'이라고 했다면 음, 했을 텐데 가깝게 지내는 이웃집 어른이다 보니 그 말에 그만 빵 터져 한참을 웃었다.

도시에는 사는 일곱 살짜리 서후는 할아버지 집에만 오면 우리 집으로 달려온다. 그러니 할아버지가 볼 때는 '뭔 애가 그렇게 다방을 좋아하나' 할 수 있는 일이다.

카페 사장님이라고 불렀다가 작가 선생님이라 불렀다가 호칭도 헷갈리는 서후가 이곳에 오면 가장 먼저 하는 일은 코코아를 주문하는 일. 그리고 갖고 나온 할머니 휴대폰으로 게임도 하다 그림책도 뒤적이다 한다.

엊저녁에는 혼자 빼꼼히 문을 열고 들어왔다. 어찌나 반가운지 가서 와락 껴안고 한 바퀴 돌았다. 아이를 안을 때의 그 느낌, 참 좋다. 몸과 마음이 동시에 따끈해진다. 아들 녀석은 초등학교 5학년 때까지 나만 보면 먼 데서부터 달려와 반짝 뛰어올라 허리춤에 매달렸다. 온몸을 뒤로 젖힌 아이를 빙글빙글 돌리면서 우리는 한참 까르륵댔다. 아이는 내가 어지럽다고, 허리가 아프다고 호소해야 다리 힘을 풀고 내려왔다. 친정 엄마는 그런 아들을 보고 말했다.

"아이고, 엄마 힘들게. 그만 내려와."

그렇게 놀던 아이는 이제 커서 성인이 되었고, 어린 손자보다 딸 걱정을 하던 엄마는 이 땅에 안 계시다. 다시는 돌아오지 않을 시절들.

일을 제쳐두고 혼자 노는 서후를 한참 쳐다봤다. 아이고, 예뻐라. 다방을 이렇게 좋아하다니!

또 한 번은 동네 아이들이 왔다. 이런저런 강연등으로 한두 번씩 얼굴을 본 아이들이었다. 방학 때라 오전에 독서 논술을 하고 각자 집으로 돌아갈 시간에 한 아이가 제안했단다.

"우리 생각을담는집에 가서 더 하자."

아이들은 샌드위치를 점심으로 먹고 다시 책을 펴고 뭔가 이야기를 나누고 글을 썼다. 부모도 없고, 선생도 없는데 저들끼리 왔으니 얼마나 할까 싶었는데 아이들은 기특하게도 그들이 목표한 것을 다 끝낸 후에야 엄마에게 전화를 걸어 데리러 오라고 했다.

이 아이들은 이제 청소년 시기를 거쳐 대학생이 되고 성인이 될 것이다. 그 시간은 얼마나 짧을 것인가. 문득 이 아이들이 대학생이 된 후 이곳을 기억하고 온다면, 이 아이들이 더 커서 결혼을 하고 아이를 낳은 후 이곳을 기억하고 온다면. 그래서 할머니가 된 내가 만들어준 샌드위치를 먹고 할머니가 된 내가 갖다놓은 책을 사본다면. 저절로 웃음이 났다. 이런저런 책을 매개로 이야기를 하는 것은 또 얼마나 근사한 일일까. 책이 뒷담화!

# 7. 작은 책방을
## 찾는 사람들

　작은 책방은 저마다 특색을 갖고 있다. 매일 쏟아져 나오는 책들 중 책방 주인이 선택해서 갖다 놓다 보니 그 책방만의 특성이 나타날 수밖에 없다. 독립출판물, 문학출판물, 카툰출판물, 과학출판물 등 저마다 다른 특색을 갖고 있는 책방들이 있는 이유다. 독자가 작은 책방을 찾는 일은 자신에게 맞는 책방을 찾아가는 일이 되고, 미처 챙겨보지 못한 책을 만날 수 있는 것이기도 하다.

　사실 작은 책방을 시작하면서 거창하게 이런저런 책방을 만들겠다고 생각하고 시작한 것은 아니었다. 어떤 책을 갖다 놓을까 생각하다 일단 내가 보고 싶은 책을 갖다 놓아야겠다고 생각한 것이 우리 책방의 큐레이션이 됐다.

내가 읽고 싶은 책을 갖다 놓는 첫 번째 이유는 책이 팔리지 않으면 반품이 안 되기 때문이다. 큰 서점들은 반품이 가능하지만 작은 책방들은 책을 현금을 주고 사다 놓아야 하고, 반품도 되지 않는다. 그것은 유통 시스템이 다르기 때문에 어쩔 수 없다.

두 번째는 내가 관심 있는 책이라야 누군가에게 권할 수 있기 때문이다. 내가 보지도 않고 잘 모르는 책을 갖다 놓고 책이 좋다고 권할 수는 없는 일이다. 물론 책방 주인이 책을 다 읽기란 불가능하다. 그래도 나름 열심히 읽으려고 하는 편이다. 대형 서점의 베스트셀러 위주로 큐레이션을 하는 것이 아니므로 비록 미처 읽지 못해도 내가 고른 책인 만큼 그 책에 대해서는 할 말이 있을 수밖에 없다. 물론 읽은 책에 대해서는 더 할 말이 많아지지만.

책방 문을 처음 열었을 때 마치 오랫동안 이 일을 해온 것처럼 느껴졌던 것은 오래도록 책과 함께 있었기 때문일 것이다. 기자 시절과 편집장 시절에도 신간 리뷰를 했고, 한동안 방송이나 매체에 책을 소개하는 일을 했던 것이 다 연결이 되는 것이다.

책을 판매하는 일은 처음이지만, 그 책들을 주문하는 일은 언제나 설레고 즐겁기만 하다. 주문한 책이 오면 보는 것만으로도 배가 부르다. 내가 볼 책을 주문했으니 당연히 좋을 수밖에. 그리고 이 재미있고 좋은 책을 누군가와 함께 읽고 이야기를 나눈다면 얼마나 좋을까 생각하면 절로 마음이 흐뭇하다. 뿐만 아니라 좋은 책을 읽으면 누군가의 얼굴이 떠오르고, 그가 이 책을 갖고 갔음 좋겠다 하는 생각까지 든다.

한 번은 이웃마을에 사는 이가 혼자 와서 커피를 주문하기도 전에 책을 주문했다. 바로 전날 입고된 화가 모드 루이스의 이야기를 담은 『내 사랑 모드』를 비롯해 샤를 와그너의 『단순한 삶』, 문태준 시집 『내가 사모하는 일에 무슨 끝이 있나요』 등을 콕 집었다. 블로그에 올린 책 리뷰를 보고 구입하러 온 것이었다. 그는 책을 다 챙기고 나서야 커피를 주문하고, 한쪽에 앉아 책을 읽었다. 마치 애인이 기차를 타고 떠나는 순간 달려와 붙잡아 놓고 비로소 한숨을 돌리듯.

"인터넷 서점 장바구니에 있는 걸 꺼내왔어요."

이젠 우리 책방 단골이 된 한 여성이 처음 우리 책방에서 책을 주문할 때 했던 말이다. 목록에는 아이가 읽을 동화책도 있었고, 엄마가 읽을 책도 있었다. 시집도 있고, 인문학 책도 있고, 동화책도 있었다. 엄마가 읽고 싶은 책은 더 많지만 줄줄이 있는 집안 대소사들로 미뤘다면서 아쉬워했던 그는 종종 책 구입 목록을 문자로 보내오곤 한다.

독서 모임에서 읽을 책 리스트를 갖고 오는 사람도 있다. 내가 극찬을 아끼지 않는 박지리의 『다윈 영의 악의 기원』을 독서모임에서 읽기로 했다며 여러 권을 구입하기도 했다.

또 어떤 이들은 우리 책방에 책 한 권을 주문, 택배로 보내 달라고 하기도 한다. 나의 책 리뷰를 보고 꼭 우리 책방에서 구입하고 싶다는 경우다.

우리 같은 작은 책방에서 책을 사는 이들을 보면 남다르게 보인다. 고백하자면 나는 작은 책방을 많이 다녀보지도 않았고, 서넛 군데 가서는 딱 한 권만 샀다. 구경만 하고 나오기에는 미안했기 때문이었다. 책을 만들기도 하고, 책을 쓰기도 하고, 책을 판매하기도 하는 나는 생각했다.

'인터넷으로 사면 할인도 되고 마일리지도 적립되는데.'

이런 생각은 다 똑같이 한다. 그런데 일부러 작은 시골 책방을 찾아오고, 특히 택배비까지 부담하면서 책을 주문하는 경우를 보면 그 특별한 마음에 고개를 숙이지 않을 수 없다. 그 마음을 배운다. 그 따스함을 나눈다.

파커 J. 파머는 『비통한 자들을 위한 정치학』에서 '온라인에서 자꾸만 책을 구입하다 보면, 서점의 목적이 단순히 책을 사는 것만이 아니라 낯선 사람들이 모일 수 있는 장소도 제공한다는 사실을 잊게 된다. 언젠가 동네 서점이 사라질 것이라는 사실은 말할 것도 없다'라고 말한다. 동네 작은 책방을 찾아오고, 책을 구입하는 사람들의 마음에는 이렇게 함께하는 마음이 고스란히 담겨 있는 것이다.

어느 한 동네 책방에서 친구들과 책방 구경 온 한 학생이 책을 사겠다고 엄마에게 전화를 했더니 그 엄마가 이렇게 말했단다.

"사진 찍어서 보내. 엄마가 인터넷으로 사줄게."

그럴 수도 있구나, 싶었다. 그런데 그런 일이 책방을 하다 보면 눈에 띈다. 책은 구입하지 않으면서 열심히 책 사진을 찍는 경우가 그렇다. 강연을 들으러 우리 책방에 여러 번 왔던 사람은 책을 한 권도 구입하지 않았다. 대신 그는 올 때마다 책 사진을 찍곤 했다. 도서관에서 빌려 보는가 싶었는데, 나중에 알고 보니 인터넷으로 주문하고 있었다. 아이들은 거짓말을 하지 못하는데, 어느 날 아이가 말했다.

"엄마, 이 책도 가서 사 줘."

작은 책방에서 갖다 놓는 책은 그 책방만의 큐레이션이 다. 신간은 매일 쏟아져 나오고, 마케팅 비용을 지급할 수 없는 대다수의 출판사 책들은 그대로 대형 책방의 서가에 꽂힌다. 심지어 묶인 채 그대로 반품, 창고로 들어가는 경우도 적잖다.

우리 같은 동네 책방에서 갖다 놓는 책들은 책방 주인이 '고른' 책들이다. 이 책을 갖다 놓을까, 저 책을 갖다 놓을까 고민을 하면서 고른 책들이 진열돼 있는 것이다. 책방의 큐레이션이 잘 돼 있다는 것은 그만큼 책방 주인의 시간과 노력이 들어간 것이다. 그런데 그걸 사진으로 찍어 인터넷에서 주문을 하는 경우라니! 이것은 우리만의 문제가 아니어서 일부 책방에서는 사진 촬영을 금지하기도 한다.

작은 책방에서 책을 구입하고 읽는 것은 단순히 한 권의 책을 구입해서 읽는 것이 아니다. 특히나 이렇게 시골 후미진 동네 책방까지 방문해서 책을 둘러보고 구입하는 것은 더더욱 그렇다. 그 책에는 이곳까지 오는 발길, 함께한 사람, 이곳의 나무와 숲과 흙냄새, 하늘, 바람, 커피, 웃음, 음악, 그 모든 것들이 함께하는 것이다.

다 읽은 후 책꽂이에 꽂힌 그 책을 볼 때마다 온몸에 스며든 이곳의 추억이 어느 찰나 살아날 것이며, 반대로 문득 이곳을 생각할 때 이곳에서 구입하고 읽은 그 책 내용이 함께 떠오를 것이다. 때때로 고단하고 지쳤을 때 책과 함께한 추억은 위로가 되어 조금은 따뜻하게 하루치를 살아낼 것이다.

작은 책방까지 일부러 찾아오는 그 발길은 그 어떤 누구보다 따스한 마음일 것이다. 자기만의 숨을 쉬면서 살아가는 사람일 것이다. 작은 책방 다녀가는 게 어디 가서 폼 잡을 일도 아니지 않은가. 일부러 찾아오는 그 마음에 책 한 권 구입하는 마음까지 더해진다면 따스한 마음이 더 오래가지 않을까.

# 8. 이 나이에
## 누군가 나를
## 생각하다니요

"너무 설레고 좋았어요. 누군가가 나를 생각하며 책을 고르고 나에게 편지를 썼다는 것이 정말 감동이었어요. 그런 설렘은 옛날 연애할 때였을까요? 너무 고마워서 꼭 만나고 싶었어요."

퇴근 후 서울에서 달려오느라 책방에 도착한 시각이 오후 7시 반. 중년 여성은 시골 밤길을 운전해 오다 설마 이런 깊은 곳에 책방이 있을까 싶어 중간에 전화를 했다. 사방은 깜깜한데 정말 내비게이션이 안내하는 대로 가면 되겠느냐고.

시골의 밤은 일찍 온다. 어둠 속에서 그녀와 나는 인사를 나누고 안으로 들어와 밤늦도록 이야기를 했다. 설레고 좋았다고, 보고 싶었다고 하는데 나는 또 얼마나 좋았을 것인가. 그녀의 눈을 들여다보며 나는 그녀의 이야기를 한참 들었다.

학교 사서이기도 한 그는 우리 책방의 북클럽 회원이다. 북클럽 회원은 매달 책방주인인 내가 보내주는 한 권 혹은 세 권의 책을 받아보게 된다. 일종의 정기구독 서비스인 것이다.

북클럽을 처음 시작할 때 과연 누가 신청할까, 염려됐다. 블로그에 모집 공고를 낸 지 3일 만에 정원 10명이 됐다. 많은 사람을 하기는 무리다 싶어 선착순 10명을 했는데, 금방 찬 것이다

회원가입 방법은 한 권만 받는 사람은 매달 2만원씩 6개월분을 다 내야 하고, 세 권을 받는 사람은 입회비 5만 원을 내고 매달 5만원씩 낸다. 가입 기간은 6개월. 나는 성별, 연령대, 독서 취향 등 간단한 사항을 받아 그들을 위해 책을 고른다. 그들 중에는 책방에서 만난 사람도 있고, 전혀 모르는 사람도 있다.

책을 고르는 일은 쉬울 것 같지만, 사실 간단하지 않다.

먼저 좋은 책을 만나면 그 책을 얼른 알려주고 싶은 마음이 앞선다. 그래서 북클럽 회원에게 보낼 리스트에 넣지만, 한 달 사이 그런 책은 여러 번 바뀐다. 단순히 '좋은 책'을 골라주는 것을 넘어서기도 한다. 때때로 회원인 그를 생각하며, 그에게 맞는 책을 고르기도 한다. 이 책을 넣었다 아니야, 하고는 다른 책을 넣는 것은 다반사다. 책을 고르는 데만 며칠이 걸린다. 그러니 나로서는 그 한 사람을 생각하는 데 적잖은 시간을 투자하는 셈이다.

누군가를 생각하며 책을 고르는 일은 '파는' 것임에도 불구하고 마치 내가 책을 '선물'하는 느낌이 들고, 설렌다. 특히 동네 책방에서만 판매되는 특별판이나 에디션 같은 것들은 북클럽 회원에게 먼저 보내려고 빼놓는다. 그럴 때마다 이 책을 받고 얼마나 좋아할까, 이 책의 어떤 부분에 밑줄을 그을까 등등 생각이 많아진다.

밤늦게 달려온 북클럽 회원이 나와 똑같이 '설렌다'는 말을 했을 때 그러니 좋아할 밖에. 내가 설레는 마음으로 책을 보내는 것처럼, 받는 사람 역시 설레는 마음으로 책을 받는다는 것은 서로 마음이 통한다는 것이다.

북클럽의 장점은 회원은 책방 주인이 보내주는 책을 통

해 독서의 폭과 깊이를 더할 수 있어서 좋고, 책방주인인 나는 책을 안정적으로 판매할 수 있어서 좋다. 이런 북클럽 운영은 나 같은 작은 책방에서 할 수 있는 좋은 방법 중 하나다.

사실 책방 주인은 독서가가 될 수밖에 없다. 책을 부지런히 읽어내지 않으면 추천하기가 쉽지 않다. 좋은 책을 읽으면 찾아오는 사람에게 소개하고 싶어 안달이 난다.

보통 내가 주문하는 책은 한두 권 정도밖에 되지 않는다. 책이 팔리지 않으면 그 부담을 그대로 떠안아야 하기 때문이다. 그런데 때때로 같은 책을 5권, 혹은 20권씩 주문해서 쌓아놓는다. 그렇게 주문하는 것은 사람들에게 그 책을 소개하고, 읽히게 하고 싶기 때문이다. 작은 책방을 찾는 사람들은 책방 주인이 좋다고 추천하는 책을 구입하는 경향이 강하다.

책방을 하는 즐거움 중 하나는 매일 신간을 검색하고, 내가 보고 싶은 책을 맘껏 주문하는 일이다. 물론 다 읽어내기에는 역부족이지만, 주문한 책이 도착하면 절로 입이 벌어지고 배가 부르다. 책방을 하길 참 잘했다 싶은 많은 순간들 중 하나다.

# 9. 책을 추천하는 즐거움

　직장생활을 할 때 언젠가 나이들면 하고 싶었던 꿈, 그것은 너무나 낭만적이어서 실현 불가능할 꿈이었다. 그런데 지금 나는 그렇게 살고 있다. 도시가 아닌 시골을 선택해서 가능하기도 하지만 작은 책방과 카페, 북스테이, 그리고 글쓰기와 출판 일까지 이 공간에서 모두 다 하고 있다. 하도 여러 가지 일을 하고 있어 때때로 나의 정체성이 흔들릴 때도 있지만, 사실 이 모든 것은 책을 중심으로 이어진다.

　"지금까지 살아온 길이 지금처럼 살기 위해 살아왔던 것 같아."

한 후배가 내게 한 말이다. 어떤 것 하나 잘하는 것은 없지만 이것저것 하고 싶은 것이 많았던 내가 더 나이들기 전에 이렇게 펼쳐놓고 사는 것은 복이 많아서라고 생각한다. 책이, 글쓰기가 나를 여기까지 끌고 온 것이다.

우리 책방을 일부러 찾아오는 사람들은 들어오면 먼저 책을 둘러본다. 그리고 그들은 내가 추천해주는 책을 들고 가는 데 주저함이 없다. 책방 문을 연 지 얼마 되지 않았던 어느 날, 수원에서 온 40대 여성이 말했다.

"책 좀 추천해주세요."

처음 보는 사람이 그렇게 말할 때는 조금 난감한 게 사실이다. 독서 이력을 전혀 모르는 상태에서 무턱대고 책을 고를 수는 없는 일이기 때문이다. 그런데 한두 마디 이야기를 나누다 보면 어떤 책을 얼마나 읽는지 조금 느낌이 온다. 그는 책을 꽤 많이 읽는 편이었다.

그래서 추천한 책이 어떻게 나이들 것인가에 대한 생각을 파커 J. 파머가 펼치는 풍경 속으로 들어가 생각할 수 있는 『모든 것의 가장자리에서』, 부엌을 날것으로 보여주면서 부엌에서 만난 사람들 이야기로 은근한 감동을 주는 오다이라 가즈에의 『도쿄의 부엌』, 시인 허수경이 늦은 나이에 독일로 유학을 떠나 그곳에서의 일상과 떠나온 곳을 그리워하며 쓴 시 같은 산문들 『그대는 할 말을 어디에 두고 왔는가』, 누구에게나 있었던 청춘의 한 시절을 이야기한 중국의 젊은 여성 작가 칭산의 소설집 『안녕 웨이안』 등 4권을 추천했다. 그는 그대로 4권의 책을 계산했다.

죽전에서 엄마와 함께 온 중·고등학생 두 딸은 책을 꽤 읽는 이들이었다. 이들은 어떤 책을 읽을까 이리저리 살펴보더니 엄마는 천양희 시집 『새벽에 생각하다』를 읽었고, 고등학생 딸은 황혜경 시집 『나는 적극적으로 과거가 된다』를 읽었다. 그래서 우리는 시집이 꽂힌 책장 앞에 선 채로 황지우, 이성복, 최승자, 황인숙 등 시인들의 이야기를 나누었다.

중학생인 아이에게는 더 이상 설명이 필요 없는 소설, 박지리의 『다윈 영의 악의 기원』을 추천했더니 들고 갔다. 중학생이라도 책을 많이 읽어 충분하다 싶었다.

다른 직업을 갖고 있으면서 소설을 이제 처음 쓰기 시작한 50대 남성에게는 스토리 구성과 문장의 아름다움을 공부할 수 있는 이기호의 소설집 『친절한 교회 오빠』와 오정

희의 『유년의 뜰』을 추천했다.

책 읽는 즐거움을 아는 사람을 만나면 말이 많아진다. 이 책 저 책 권하고 싶은 책도 많아진다. 그러다 보니 나도 책을 더 열심히 읽게 된다. 책을 읽는 것도 습관이다. 책을 읽으면 읽고 싶은 책이 점점 많아진다. 여행을 한창 다닐 때 여행에서 돌아와 다시 어디로 떠날까 지도를 펼치는 것처럼.

# 10. 내 꿈은
## 신간 읽는 할머니

"할머니가 되어서도 여전히 밥상을 차리고 신간을 읽는 할머니가 되고 싶다."

책방 문을 연 지 얼마 되지 않았을 때 훗날 이곳의 모습, 이곳에서의 나의 모습이 어떨 것 같으냐는 질문을 받았을 때 툭 튀어나온 말이다. 말을 하고 나서도 스스로 그렇게 나이든 나의 모습을 생각하니 좋아서 웃음이 나왔다. 책방을 하지 않았다면 절대 하지 못할 대답이다.

나이듦은 때로는 막연해서 흔히 말하는 아프지 않고 건강하게 살기를 원하는 정도일 것이다. 그 질문을 받고 나이든 모습을 혼자 상상해봤다. 만일 할머니가 되어서도 책방을 하고 있다면 신간을 검색하면서 요즘 어떤 책이 나오는지 한참 살펴보고 그중 몇 권을 주문, 설레는 마음으로 그 책을 기다리겠지. 그 책이 오면 아직 인쇄 냄새가 나는 책을 한 번 쓰다듬어 보고, 그중 가장 보고 싶은 책을 햇살을 등지고 앉아 읽겠지.

등은 따끈할 것이고, 나이들었으니 책을 오래 보지 못할 거야. 졸음은 또 얼마나 잦을까. 지금은 일어나 졸음을 쫓아내지만 그때는 스르륵 그대로 깜빡 졸아야지. 꾸벅꾸벅 책방에서 조는 할머니라니! 그것 참 웃기겠군.

그렇지만 그 할머니가 이제 막 나온 신간을 들고 있다면? 졸다 깨어나서는 책방을 찾아온 사람에게 이 책이 얼마나 근사한 책인지 설명하는 할머니라면?


나는 신간이 좋다. 오래 전에 나왔던 책이라도 다시 나온 신간으로 읽는 게 좋다. 누가 읽었던 책보다 이왕이면 손때 묻지 않은 책이 좋다. 새 책을 받아들었을 때의 그 따끈따끈한 맛이 좋다. 새 책 냄새도 좋고, 뿐만 아니라 새 책을 막 펼쳤을 때의 그 신선함도 좋다.

책방을 해서 좋은 것은 이런 신간을 받는다는 것이다.

지금도 새 책이 오면 이렇게 만져 보고 저렇게 만져 본다. 쭉 펼쳐놓고 이리 보고 저리 보기도 한다. 그리고 빨리 읽고 싶어 안달이 난다.

책방을 하기 전에도 중고서점에서 책을 산 일은 거의 없다. 수입이 변변치 않을 때 중고책방을 몇 번 들락거렸지만, 희귀도서를 찾는 사람이 아니다 보니 결국 서점으로 달려가 새 책을 구입했다. 중고책방에도 물론 보고 싶은 책이 없는 건 아니지만, 그런 경우는 거의 신간이어서 가격 차이도 크게 나지 않았다.

젊은 시절에 갖고 있던 책들 중 일부는 버리지 못하고 아직도 갖고 있는 것이 있지만 솔직히 그 책을 펼쳐볼 일은 거의 없다. 평론을 하는 등 연구를 하는 사람이라면 오래된 책들을 다시 보겠지만, 나는 그런 것도 아니므로 대부분 책들은 그냥 먼지만 쌓인다.

책은 매일 쏟아진다. 그 책들을 다 읽는 일은 누구에게나 불가능하다. 매일 쏟아지는 책 중에서 저마다의 눈으로 책을 골라서 읽는다. 많은 사람들이 베스트셀러를 향해 눈을 돌릴 때 자신만의 눈으로 책을 골라 읽는 일은 책을 지속적으로 읽지 않으면 쉽지 않은 일이다. 독서라는 게 자기만의 지평을 갖게 마련이기 때문이다. 할머니가 되어서도 나는 나의 독서 지평을 넓히고 싶다.

2장

# 1. 시골 책방에서의 프러포즈

"사실은 제가 프러포즈를 하려고 하거든요. 그런데 어떻게 해야 할지, 너무 떨려서. 제가 여자 친구와 함께 가기 전에 먼저 가서 동선도 좀 보고 해도 괜찮을까요?"

북스테이를 예약한 남자가 전날 전화를 했다. 우리 책방에 몇 번 왔었는데, 여자 친구가 이곳을 너무 좋아해서 북스테이를 하면서 프러포즈를 하고 싶다고 했다. 그 말을 듣는 순간 마음이 훅 요동쳤다.

다음날, 남자 혼자 점심 무렵에 왔다. 책방과 묵을 방을 둘러보면서 그는 말했다.

"프러포즈는 방에서 할 건데 일단 오면 1층 책방으로 들어왔다 방으로 올라가서 ……."

"아니 왜 이 좋은 곳을 두고 방에서 하세요? 책방에서
하세요."

그가 말을 끝내기도 전에 내가 말했다.

"다른 손님들에게 방해되지 않을까요? 그리고 여자 친
구가 워낙 쑥스러움을 많이 타서요."

"저녁에는 손님도 없을 거예요. 걱정 말고 여기서 멋지
게 하세요."

토요일 저녁이면 작가 강연 등 행사가 있는 날이 많은데
그날은 다행히 행사도 없었다. 평생의 단 하루, 그들에게
더 아름다운 추억을 만들어주고 싶었다. 남자는 조심스럽
게 그럼 여자 친구가 좋아하는 음악만 틀어달라고 부탁했
다. 음악만 틀어달라니. 혹시 영상을 만든 게 있느냐고 물
었더니 있다고 했다. 노트북으로 영상을 보여주려고 했단
다.

"USB에 담아 주세요. 빔 프로젝트를 사용해서 여기 한
쪽에다 크게 영상을 띄우면 돼요."

우리는 함께 콘티를 짰다. 저녁 때 여자 친구와 함께 오
면 일단 방으로 올라간다, 짐을 정리하고 1층 책방으로 내

려와서 둘이 음료를 마신다, 다시 올라가 저녁 식사를 한다, 그리고 다시 내려오기 전 문자를 하면 우리는 1층 불을 다 끄고 촛불을 켜놓은 상태에서 영상을 튼다, 여자 친구는 큰 테이블 중앙에 앉히고, 남자는 그 옆에 선다, 영상이 끝날 때쯤 편지를 여자에게 건넨다, 여자가 편지를 다 읽으면 꽃다발과 선물을 주면서 말한다, 나와 결혼해 줄래? …….

예행연습까지는 아니더라도 우리는 서로 입을 맞추고, 그에 맞춰 준비를 했다. 때마침 놀러 와서 이 광경을 지켜보던 조카가 말했다.

"이모부가 프러포즈하는 것도 아닌데 더 난리네. 두 사람이 더 좋아하는 것 같아."

마침내 이들이 왔고 각본대로 우리는 설레며 이들의 프러포즈를 진행했다. 남편은 빔프로젝트와 오디오로 영상과 음악을 켜고, 분위기에 맞춰 불을 켰다 끄기를 반복했다. 나는 스마트폰으로 이들을 촬영했다. 남자가 준 편지를 여자가 오래 읽을 때는 내가 마음이 흔들렸다. 이윽고 남자가 꽃을 주면서 프러포즈를 하는 순간 남편은 손뼉을 치고, 그 장면을 찍던 나는 그만 눈물을 찔끔찔끔 흘리고 말았다.

프러포즈가 끝난 후 이들은 긱긱 책 한 권씩을 골랐다.

남자는 김남희의 『여행할 땐, 책』, 여자는 김한민의 『아무튼, 비건』. 남자는 이곳에 오기 전부터 내가 블로그에서 소개한 『여행할 땐, 책』을 사겠다고 마음먹었고, 비건이었던 여자는 『아무튼, 비건』을 보고 자기를 위한 책이라며 콕 집었다.

돈만 있으면 뭐든 할 수 있다. 그러나 돈이 모든 걸 해주지는 않는다. 시골의 작은 동네 책방을 프러포즈 장소로 선택한 젊은이의 소박한 마음도 예쁘고, 여자가 편지를 읽는 동안 한 발짝 떨어져서 꽃다발을 들고 바들바들 떠는 남자의 마음도 예쁘고, 남자의 편지를 읽는 내내 눈물을 흘리는 여자도 예뻤다. 이렇게 예쁜 사람들을 위해 뭔가를 해주고 싶은 마음은 당연하다.

처음 우연히 지나가다 찾아온 시골 책방이 이들에겐 평생의 장소가 됐다. 두 사람에게 이제 이곳은 단순한 동네 책방과 카페 이상의 공간이 된 것이다. 『여행할 땐, 책』과 『아무튼, 비건』 역시 이들에겐 책 이상의 책이 될 것이다.

살아가다 때때로 지칠 때 이곳에서 만든 추억들은 다시 힘을 내게 하겠지. 추억은 그래서 힘이 되는 것이다.

## 2. 고맙습니다, 책 처방

"10대 때 한비야 선생님 책을 보고 저도 봉사하는 삶을 살고 싶었어요. 그래서 간호학과를 가고 병원에서 일을 하다 1년 동안 외국에 가서 봉사를 하고 왔어요. 그런데 막상 가서 보니 제가 생각했던 것들과 달랐어요. 2년을 계획하고 갔는데 1년 만에 돌아왔어요. 제겐 그 일이 맞지 않다는 것을 가 보고야 안 것이죠. 지금은 다시 병원에서 일을 하고 있는데, 지금 살고 있는 것이 잘 살고 있는 것일까 싶어요. 주변 사람들과 공감대를 형성하기가 어려워요. 봉사활동을 가기 전에는 함께 일하는 친구들과도 가깝게 지냈는데, 지금은 새 병원에 들어간 지 얼마 되지 않아서 그

런지 동료들과 가깝게 지내지도 못하고 있어서 힘들고
요."

후배와 함께 북스테이를 하면서 책 처방을 받기로 한 젊
은 친구가 말을 꺼냈다. 지금 잘 살고 있는 것일까, 자문하
면서 사는 20대 후반의 나이.

"친구들은 연애를 하거나 결혼을 하거나 할 때예요. 연
애를 하지도 않고, 결혼도 하지 않는 저는 친구들을 만나도
할 이야기가 없어요. 이야기를 하고 있어도 혼자라는 생각
이 들지요. 혼자 ……, 혼자 있는 게 싫지는 않아요. 혼자가
좋긴 해요. 그렇지만 정말 혼자는 아니죠. 부모도 있고, 형
제도 있고, 친구도 있으니까요. 그런데 뭔가 빠진 듯한 느
낌이 들어요. 봉사활동을 가기 전과 갔다 온 후 주변 사람
들도 제가 많이 변했다고 해요. 스스로를 돌아봐도 그래요.
좀 더 차분해졌다고나 할까, 말을 하는 것보다 말을 더 많
이 듣는 편이에요. 지금은 다시 새로운 직장에 들어갔으니
일단은 그 생활을 열심히 해야겠죠."

그녀는 천천히 말을 이었다.

"책을 좋아해요. 한비야 선생님 책을 읽고 꿈을 키웠으
니 책이 제게 주는 영향은 큰 셈이죠. 요즘은 책을 읽고 싶

은데 책이 잘 들어오지 않아요. 어떤 책을 읽으면 좋을지 모르겠어요. 물론 다 지나가는 일이고, 이 시기가 지나면 괜찮아질 것도 알고 있어요. 다들 그렇게 말하고, 저 역시 그렇게 힘든 시기를 지나왔으니까요."

밖은 점점 어두워졌다.

"저는 그동안 제가 선택해서 제 나름대로 잘 지내왔거든요. 부모님이요? 부모님은 제게 한 번도 뭘 하라고 한 적이 없어요. 저 같은 돌연변이가 어디서 나왔나 그러시죠. 내가 하고 싶은 대로 결정하고 살아왔으니까요."

사실 그녀는 말을 한꺼번에 많이 하지는 않았다. 띄엄띄엄. 천천히. 그 사이에 내가 더 말을 많이 했다. 그녀의 이야기를 듣기로 하고, 툭툭 내 이야기가 튀어나온 것이다.

그랬군요, 힘들었겠어요, 라고만 이야기하면 될 것을 그녀의 이야기를 들을 때마다 책 속 한 구절이 떠올랐고, 어떤 이야기 앞에는 소설책 한 권이 그냥 통째로 들어왔고, 또 어떤 이야기 앞에서는 책 표지가 펼쳐졌다.

국제구호전문가 한비야의 책을 보고 꿈을 키우고, 꿈을 찾아 간호학과를 가고, 외국까지 봉사활동을 다녀왔다는 것은 이미 보통의 삶이 아니나. 꿈을 꾸시난 꿈을 이루기 위해 달려가고, 그 꿈을 이루는 것은 쉬운 일이 아니다. 그녀는 이미 그 자체로 멋지다.

꿈이 현실로, 그것도 다른 사람을 위해 봉사하는 삶을 살고 싶다는 꿈을 실현했을 때 그녀는 적잖이 실망을 했다. 자세한 이야기는 하지 않았지만 그녀가 꿈꾸었던 삶과 달랐던 것이다. 2년을 계획하고 가서 1년 만에 돌아오는 것도 쉬운 결정이 아니었을 것이다. 그녀는 첫 봉사지에서의 활동을 시작으로 평생을 그렇게 봉사하며 사는 삶을 꿈꿨는지도 모를 일이다.

그러나 1년 만에 돌아온 지금, 그녀로서는 오랫동안 꿈꿔왔던 삶의 목적이 사라졌다. 직장은 다시 들어갔지만, 새 직장이다 보니 아무래도 낯설다. 주변 사람들도 그녀에게 변했다고 하지만, 변하지 않는 것이 오히려 이상한 상황. 그렇게 그녀는 어른이 되어갈 것이다.

조금 다른 경우지만, 오래전 직장에서 동료가 모 재벌의 개인적 비리를 취재했다. 때마침 나는 그 재벌의 인터뷰를 어렵게 성사시킨 후였다. 그런데 상사는 재벌의 개인적 비리와 광고를 맞바꿨다. 당연히 내 인터뷰 기사는 사라졌다. 그때 나는 20대 후반이었다.

그때의 흔들거림을 지난 지금, 갑자기 그때의 일이 생각나는 것은 20대 후반인 그녀가 갖고 있는 순수성 때문인 듯하다. 그게 젊음이므로. 힘든 그녀에게 '지금까지 잘해왔으니 앞으로도 잘할 것'이라는 말은 사실 별로 위로가 되는 말이 아니다.

그녀에게 몇 권의 책을 꺼냈는데, 그녀가 들고 간 책은 파커 J. 파머의 『삶이 내게 말을 걸어올 때(홍윤주 옮김, 한문화 펴냄)』였다. 이 책의 맨 앞에는 이런 글귀가 있다.

'한밤중에 깨어나 지금 내 삶이 내가 원하던 것일까를 물으며 잠을 설쳐 본 적이 있는 사람들에게.'

고민을 하고, 책 처방을 받는 것도 잘 살아가고 있다는 것이다.

"아침 햇살 때문에 잠에서 깼는데 너무나 좋았어요."

아침에 일어난 그녀의 얼굴이 햇살만큼 밝고 따뜻했다. 이런 멋진 젊은 여성을 내가 어디에서 만날 수 있을까. 시골에서 책방을 하고 남는 방을 북스테이로 운영하길 참 잘했다 싶은 순간은 이렇게 계속된다.

## 3. 난생 처음 딸에게
##                  책을 선물합니다

"전 '노가다'해요. 저 밑바닥에서부터 빡빡 기어서 여기까지 왔지요. 그러니까 안타까운 거예요. 젊은 사람들이 말 좀 들으면 좀 좋으냐고. 집에서 마누라가 해주는 밥이야 밍밍해도 괜찮지만 어차피 파는 음식은 맵거나 짜거나, 아님 달거나 셋 중 하나거든요. 그래서 내 그렇게 말을 했죠. 그런데 말을 안 듣더라고. 둘이 동업했는데 한 사람이 중간에 빠지고 혼자 버티다가 결국 손들고 나갔지요, 뭐."

지방 중소 도시에 상가건물을 갖고 있는 그는 1층에서 정육점 식당을 했던 젊은이들이 망해 나간 것이 안타까워 언성을 높였다. 장사 좀 잘하게 하려고 당신네는 물론 거래처 선물도 그 집 고기로 돌리고, 식당도 자주 이용했던 터였다. 그러나 도움을 주는 것은 잠시뿐.

다른 식당 같으면 안 가면 그만인데 장사 좀 잘되게 하려고 이런저런 조언도 아끼지 않았다. 젊은이들은 그들 나름의 장사 철학을 갖고 있던 터라 말을 해도 씨가 먹히지 않았다. 장사는 잘되지 않았고 결국 젊은이들은 임대기간 2년을 간신히 버티고 나갔다.

젊은 사람들이 잘됐으면 좋았을 텐데, 그는 그게 그냥 아쉽고 안타깝다고 했다. 내 자식 같고, 내 젊음 같으니까.

"내가 독립을 하려고 맘먹고 한 게 아니라 어느 날 내가 일하던 회사가 어려워져서 그만 그걸 내가 할 수밖에 없었어요. 덜컥 일을 시작했는데 그냥 바쁘게, 열심히 했어요. 난 IMF도 몰랐어요. 일하느라. 지금도 아침 5시 반에 밥 말아 먹고 나오면 밤 11시나 집에 들어가요. 내가 하루 종일 운전하는 거리는 아마 택시 운전수 못지않을 겁니다. 거래처는 모르긴 해도 수백 개가 될 테고. 어떻게 거래처를 다 세고 있겠어요? 한 번 일한 곳은 무조건 거래처인데. 하수관 공사를 한 집이 다시 하수관 공사를 할 일은 거의 없어요. 그래도 거긴 거래저예요. 왜냐하면 언젠가

담장을 고칠 수도 있고, 수도공사를 할 수도 있으니까. 그러니 모두 다 거래처지요."

사투리를 써가며 이야기하는데 남편과 나는 그만 그의 이야기에 빠져들고 있었다.

예약한 사람은 그의 딸. 그녀는 '부모님께서 가시니 잘 부탁한다'라고 말했다. '부모님'이라 하니 나는 나이 지긋한 어른들이 오시는 줄 알았다. 저녁 식사로 숯불훈제바비큐정식을 예약했는데, 나는 '어른'들이 오시는 줄 알고 때마침 있던 잣죽도 데우고, 사골국물로 배춧국도 끓였던 참이었다. 그런데 들어서는 이들을 보는 순간 언뜻 봐도 젊어 당황스러웠다. 그래도 종잡을 수 없어 호칭을 '어르신'이라고 하자 그가 웃으며 말했다.

"나 어르신 아녜요."

그래서 실례를 무릅쓰고 물었다.

"따님이 예약하면서 부모님을 잘 부탁한다고 몇 번을 말해서……, 혹시 나이가 어떻게 되세요?"

남자는 1964년생, 여자는 67년생이었다. 50대 후반이니 '어르신'이라고 하기에는 너무 젊다. 무엇보다 우리보다 어렸다! 그런데도 딸이 대학을 졸업하고 일을 하고 있다니.

"우리가 결혼을 좀 일찍 하고, 애도 일찍 낳았어요. 선생님네가 많이 늦네요."

그들은 바비큐를 예약하긴 했으나 불을 피워 주면 고기를 직접 구워 먹는 줄 알고 바비큐용 고기와 김치찌개 재료, 아침 식사용으로 카레 재료를 준비해왔다. 이미 식사 준비를 하고 있던 터라 준비해온 김치찌개 재료를 그대로 냄비에 넣고 끓여 상차림에 더했다.

칼칼한 김치찌개 맛은 일품이었다. 막 버무려 왔다는 배추겉절이도 너무 맛있었다. 내 반찬은 그야말로 '밍밍해서' 나는 그들이 꺼내놓은 겉절이와 김치찌개에 자꾸 젓가락을 갖다 댔다.

부부는 긍정적이었다. 말하고 웃고, 말하고 웃었다. 고생했지만 열심히 살아온 사람들. 남자는 '노가다'라고 했지만 건축에 관계되는 모든 일을 하는데 직원도 열 명 정도 된다고 했다. 그의 말대로 '밑바닥부터 빡빡 기어서' 성공한 인생.

이들의 이야기에 귀를 기울일 수밖에 없었던 것은 이들이 스스럼없었기 때문이다. 이늘은 논 좀 벌었다고 젠체하지 않고, 그냥 자기를 솔직하게 드러냈다.

그런데 부인은 외롭다고 했다. 젊은 시절에는 맞벌이를 하면서 같이 돈도 벌었지만 아이들 키우느라 일을 그만뒀다. 그녀는 강아지 한 마리를 데리고 왔다.

"남편은 새벽에 나가 밤에 들어오니 어떤지 몰라요. 기분이 좋은지 나쁜지, 몸 어디가 아픈지 어떤지 모르죠. 그런데 저와 같이 있는 이 강아지는 하루 종일 들여다보니 눈에 뭐가 들어갔는지, 기분이 어떤지 너무 잘 알죠. 그래서 외로워요."

그녀는 젊은이들이 나간 1층 상가 자리에 딸과 함께 음식점을 차릴 계획이라고 했다. 딸은 대학을 졸업하고 외국에 가서 요리를 공부하고 왔다고 했다. 음식 솜씨가 좋고 성격도 좋으니 식당을 해도 잘할 것 같았다. 곧 무엇인가를 한다는 설렘이 얼굴에 가득했다.

"아유, 난 책을 읽어본 기억이 별로 없어요. 책이라니. 하하하."

아침에 1층 카페에서 커피를 내주며 책을 둘러보라 했더니 고개를 절레절레 내저었다. 그럼 왜 북스테이를 예약했느냐고 했더니, 안성에 볼 일이 있는데 딸이 이곳저곳 알아보다 안성도 가깝고 해서 우리 집을 예약해줬던 것뿐이라고 했다.

책을 보지 않는 사람들이니 책을 권할 수는 없어 이곳을 예약한 딸에게 책을 한 권 선물하라고 했다. 책 한 권을 파는 것이 목적이 아니라, 왠지 빈손으로 떠나면 서운할 것 같았다.

"책을 읽고 아, 결혼해야겠다 싶은 책 없을까요? 시집을 가야 하는데 갈 생각을 통 안하네."

이제 스물아홉인 딸. 책을 읽고 당장 결혼하고 싶은 책은 고를 수 없어도 이 딸이 읽었음 좋겠다 싶은 책으로 고른 것이 시인 이병률의 여행 산문집 『바람이 분다 당신이 좋다』였다.

"아빠한테 처음 책 선물을 받아보겠네."

아빠한테 받는 난생 처음의 책 선물. 그렇다면 아빠가 한 마디 써주면 더 좋겠다 싶어 펜을 쥐어줬다. 그러나 '노가다'에서 평생을 산 아빠는 쑥스럽다며 그냥 봉투에 책이나 담아 달라고 했다.

이런 시골에서 북스테이를 한 것도 처음, 숙박을 하면

서 집주인과 밥을 먹고 이야기를 해본 것도 처음, 그리고 딸에게 책을 선물하는 것도 처음인 아버지.

평생 '노가다'를 하면서 가정을 세우고, 자식들 키우고, 번듯한 회사를 운영하는 남자. 술 한 잔 마시지 않으면서 20여 개 모임의 회원이기도 하고, 때로는 대표를 맡기도 하고, 매일 밤 9시 수영장 마지막 타임에 수영을 하는 남자.

조금 살아본 후에 깨달은 것은 세상을 살아가는 데 중요한 덕목 중 하나는 성실과 부지런함이다. 그 어떤 것도 그걸 이겨낼 수가 없다. 재능도 그렇고, 부도 마찬가지다. 큰 부자는 하늘이 내지만 먹고 사는 정도는 성실과 부지런함으로 가능하다.

평생 '노가다판'에서 일한 그의 이야기에 절로 귀가 기울여졌던 이유는 지금도 새벽 5시 반에 집을 나가 밤 11시에 온다는 그의 성실함과 부지런함 때문이 아니었을까 싶다. 대수롭지 않은 듯 쑥쑥 내뱉는 이야기 속에 미처 말하지 못하는 아픔은 또 얼마나 많았을까. 그래도 긍정적인 그는 힘든 시절을 이렇게 말했을 것 같다.

"아, 그때 정말 힘들었지요. 잠도 통 못 자고. 그런데 다 지나갑디다. 어쨌든 난 새벽에 일어나 종일 일하고 돌아다녔어요. 그리고 지나고 보면 다 별일 아니거든요. 사람 사는 게 다 그런 거 아닌가요?"

고급 승용차와 명품 옷. 젠체하는 사람이었으면 우습게 알았을 그것들이 그에겐 왠지 마땅해 보였다. 좀 누려도 되지 않겠는가 싶은.

# 4. 약이 되는 책

가을 오후. 60대 초반쯤으로 보이는 여성이 혼자 와 천천히 책들을 살펴봤다. 얼굴빛이 어두웠다. 쉽게 말을 붙일 수 없었다. 나는 나대로 그날따라 번잡한 일상을 보내고 있었다.

그가 책을 한 권 집어 들었다. 파커 J. 파머의 『비통한 자들을 위한 정치학』. 책을 계산하고 그는 한쪽에 앉아 책을 읽었다. 그러다 문득 지나가는 나를 붙잡고 말했다.

"혹시 이야기 좀 나눌 수 있을까요?"

이런저런 잡다한 일이 마무리된 때였다.

"남편과 함께 땅을 보러 다니고, 예쁜 집을 지어서 함께 살려고 했는데 갑자기 남편이 갔어요. 혼자 집을 지었어요. 법적으로 집을 짓지 않으면 안 되는 상황이었거든요. 남편 떠나보내고 정신도 없는데 혼자 집을 지었지요. …… 이 집이 좀 커요. 남편 없는 것도 낯선데 집도 낯설어요. 혼자 있는 게 힘들어요. …… 이런 책방 같은 걸 해보면 어떨까 싶어요. 이런 걸 할 수 있을지는 모르겠어요. 그래도 뭔가를 해야 할 것만 같아요. 남편이 갑자기 갔거든요."

조금은 두서가 없었다. 그도 그럴 것이 남편과 함께 전원주택에서 노후를 보낼 생각으로 땅을 구입하고 집을 설계했는데, 남편이 사고로 갑자기 세상을 떠나고, 그 와중에 혼자 집을 짓고 큰 집에 혼자 있는 노후라니. 그가 『비통한 자들을 위한 정치학』을 고른 것은 아마도 '비통'하다는 단어에 끌린 게 아닐까 싶었다.

아직 깜깜한 혼자만의 방안에 갇혀 비통한 상태에 있던 그는 이제 그만 나오고 싶다고 했다. 그래서 혹시 책방 같은 것을 하면 어떨까 싶어서 일부러 찾아왔다고 했다. 얼마나 그 말을 꺼내기가 힘들었을지, 한 마디 한 마디에 그대로 묻어났다.

책방을 하나는 게 쉽지민은 않아요, 리든가 책방을 하

려면 이렇게 저렇게 하세요, 라든가 하는 말은 나도 잘 모르니 할 수는 없는 일. 나로서는 그냥 이야기를 들어드리는 것만으로도 족하지 싶었다.

그런데 그의 이야기를 듣다 나도 모르게 "하세요."라는 말이 툭 튀어나왔다. 다행히 경제적으로 그리 어려워 보이지 않았다. 책방이라는 것이 책을 팔아서 운영을 해야 되긴 하지만, 만약 당신 집에서 하면 임대료도 나가지 않을 것이니 당장의 생활비등이 문제가 되지 않는다면 해봐도 되지 않겠는가 싶었기 때문이다.

책을 좋아하고, 책을 통해 누군가와 이야기를 나눌 수 있다면. 그렇게 일을 시작해서 밖으로 나오고, 사람들을 만나고, 그럼으로써 삶의 에너지를 얻는다면 그것은 돈을 좀 잃어도 문제가 안 되지 않겠는가 싶기도 했다.

"하고 싶으면 하세요. 공간도 있고. 무엇보다 혼자 있는 것보다 이런 걸 벌여 놓으면 누군가 찾아와서 덜 적적하실 거예요. 물론 돈벌이로 생각하심 안 되고요."

이야기를 오래 나누었지만 그는 여전히 어두운 낯빛을 하고 돌아갔다.

『비통한 자들을 위한 정치학』을 볼 때마다 그가 생각났다. 책방을 하려고 준비 중일까, 아니면 그새 책방을 오픈했을까, 비통했던 마음은 어느 정도 나아졌을까, 세상 밖으로 나와 그것을 이겨내고 있을까 등등.

겨울이 가고 봄이 되었다. 계절이 몇 번 바뀌는 동안 이곳 시골책방을 찾는 사람도 조금씩 늘어났다. 어느 봄날, 그가 문을 열고 들어섰다.

"얼굴이 굉장히 좋아지셨어요. 그때 갖고 가셨던 『비통한 자들을 위한 정치학』은 잘 읽으셨어요?"

난 사실 사람을 잘 기억하지 못한다. 그런데 이상하리만큼 그와 나눴던 대화며 그가 골랐던 책 등이 바로 어제처럼 기억이 났다. 그의 낯빛은 환했다.

"어떻게 기억을 하세요? 한 번 오고 싶었는데 통 오지 못했네요. 아이들이 외국에 있어서 몇 개월 다녀왔어요. 손주들이 얼마나 예쁜지. 이젠 혼자 지내는 게 괜찮아졌어요. 아유, 책방을 하긴요. 그냥 지내요. 지금이 좋아요."

어떻게 그 힘든 시절을 견뎌냈을까. 그 비통함을 어떻게 추스렀을까. 그러나 그 마음을 굳이 들추어낼 필요는 없지 싶었다.

그가 돌아간 후에도 나는 가끔 그를 생각한다. 시간이 약이다. 큰 상처도 시간이 지나면 아물게 마련이다. 책과 함께 견뎌낸 시간이라면 비록 흉터는 남을지라도 조금 더 단단한 마음이 됐을 것이다.

# 5. 비슷한 꿈을 꾸는 사람들

30년 넘게 밥벌이를 했다. 20년 넘게는 조직에서 일했다. 조직생활이 힘들어 여러 차례 직장을 그만두고, 젊은 시절 한때는 프리랜서로 일하기도 했다. 어쩌다 보니 마지막 직장에서는 10년쯤 일했다. 직장을 다닐 때는 항상 속이 안 좋아 위장병을 달고 살았고, 그래서 내시경도 여러 번 했다. 그때마다 의사는 말했다.

"스트레스 받지 말고 쉬세요."

원형탈모증으로 머릿속이 오백 원짜리 동전 크기로 뻥뻥 뚫릴 때마다 의사가 말했다.

"스트레스 받지 말고 쉬세요."

그런데 그때마다 생각했다.

'스트레스가 없는데.'

힘들 때도 있었지만 비교적 일을 재미있게 했기 때문에 스트레스라고 생각하지 않았다. 사람을 만나고, 책을 만들고, 글을 쓰고, 행사를 기획하고 하는 일 등은 언제나 같지만 새로운 일이었다. 그래도 때때로 부딪치는 일이 있고, 아래위로 치이고, 이렇게 계속 살아야 하나 생각하는 순간은 잦았다.

그럴 때 생각했다. 한쪽에서 글도 쓰고, 책도 만들고, 커피도 내리고, 화초도 키우면서 살고 싶다. 그런데 그러기에는 아직 젊었었다. 밖에서 하고 싶은 일도 많았다. 전시회도 찾아다녀야 했고, 영화관도 가야 했다. 여기저기 여행도 좀 다녀야 했고, 만나고 싶은 사람도 많았다.

"제가 지금 한 직장에서 12년째 일하고 있거든요. 나름 현실과 타협하면서. 그래도 언젠가 이렇게 살고 싶어요."

아직 어린 아들과 친정 부모님과 함께 하루를 묵은 친구가 말했다. 아이가 아직 어리지만 시골 책방 분위기를 느끼게 해주고 싶고, 무엇보다 본인이 작은 책방을 좋아해 이곳저곳 다닌다고 했다. 길담서원, 박창수하우스콘서트, 작가 김서령 등 서로 만나는 지점이 있어 이야기가 줄줄이 이어졌다. 성격이 얼마나 좋은지, 만일 혼자 왔더라면 우리는 죽이 맞아 한없이 수다를 떨었을 것 같았다. 그녀의 엄마가 말했다.

"손이 안 간 데가 없네요. 이런 걸 하려면 경영 마인드가 있어야 하는 게 아닌지요."

난 손사래를 치면서 말했다.

"그런 거 생각하고 하면 못해요. 손익 따지면 슬퍼서 일 못하거든요."

엄마가 다시 말했다.

"그래도 경영을 해야지요. 나는 우리 딸을 좀 알아서 이런 걸 찾아다니는 걸 이해하는데, 애 삼촌은 현실감각이 없다고 뭐라 해요."

나는 이렇게 사는 것이 로망인 딸에게 농담처럼 웃으며 말했다.

"아직은 회사를 열심히 다니셔요."

12년째 한 직장에서 일을 하고 있으니 회사에서도 허리 역할을 성실하게 하고 있을 것이며, 이렇게 좋은 성격이니 일도 얼마나 재밌게 할 것인가. 나행히 좋은 친정 부모기 아이도 돌봐주고, 그만둘 이유가 아직은 없다. 그러니 우리는 웃으며, 더 좋은 문화를 찾아 즐기라는 이야기를 할 수 있었던 것이다.

그녀가 어느 날 회사를 그만둘 무렵, 그때쯤에는 좀 더 다양한 문화 속에서 자유롭게 하고 싶은 일을 펼칠 수 있으리라 기대하며, 그리고 그것들을 해서 생활할 수 있으리라 기대하며.

그녀의 아버지는 아침에 1층에서 커피를 마시다 이른 아침에 일어나 생각을담는집을 생각하며 썼다고 예찬시를 읽어주기까지 했다. 고마운 하루다.

## 6. 난 우리 엄마 같은 엄마가
### 되기 싫어요

"난 절대 우리 엄마 같은 엄마가 되기 싫었어요. 그런데 우리 딸이 학교를 그만두고 싶다니, 어떻게 해야 좋을지 모르겠어요."

그녀가 울었다. 나도 덩달아 눈물이 나왔다.

"난 우리 엄마 아바타였어요. 그걸 서른여덟에 깨달았는데 그제야 나를 보니 애 둘 딸린 엄마가 되어 있었어요. 누가 무슨 말을 하면 눈만 크게 뜨는 나, 조증과 울증이 왔다 갔다 하는 내가 있는 거예요. 엄마가 하라는 대로 이 학원 저 학원, 이 과외 저 과외. 대학도 엄마가 가라는 대학으로 갔고, 졸업하고는 고시 공부하라 해서 고시 공부했고, 그난

두라 해서 그만뒀고, 결혼하라 해서 결혼했고, 애 낳으라 해서 애 낳았고……. 합방하는 것, 애 낳는 시간까지 다 엄마가 해줬어요. 그렇게 살았어요."

그래서 그녀는 엄마 같은 엄마가 되기 싫었다고 했다. 아이들을 자유롭게 풀어주고, 이거 해라 저거 해라 말하지 않고, 그냥 아이들 하고 싶은 대로 하게 됐다.

이제 중학생인 딸은 나름 자기주장이 강하다. 요즘 아이들과 달리 아이돌도 좋아하지 않는다. 자기 반에서 유일하게 화장을 하지 않는 아이다. 밤새워 숙제를 할 만큼 자기 욕심도 강하다. 그런 딸이 학교를 그만두고 싶단다. 공부하는 것은 좋은데 옆의 친구들과 경쟁을 해야 하는 게 싫기 때문이란다. 중학교 때부터 왜 이렇게 살아야 되는지 모르겠단다.

아이를 자유롭게 키웠던 그녀로서도 딸에게 학교를 그만두라는 말을 쉽게 할 수 없었다. 그래도 계속 다녀보면 어떻겠느냐고 말했다가 딸의 화만 돋우었다.

그녀와 이야기를 하는데 자꾸 음악이 거슬렸다. 재즈 시디가 걸려 있었는데, 목소리가 가끔씩 크게 들렸다. 백건우 선생이 연주하는 쇼팽의 <녹턴>으로 시디를 바꾸었다.

"저는 피아노를 무진장 싫어해요. 아버지한테 맞아가면서 피아노 레슨을 받았거든요. 그게 대학 때까지였나?"

피아노 음악이 나오자 그녀가 대뜸 말했다. 순간 먹먹해졌다. 오래 전 백건우 선생 기자회견장에서 한 여기자가 이런 말을 했었다.

"저는 어려서 피아노 레슨을 하도 심하게 받아서 지금도 피아노 소리가 싫어요. 요즘 우리나라 엄마들은 무조건 아이에게 피아노를 가르치는데 조기 음악 교육에 대해 어떻게 생각하세요?"

그 당당하던 기자의 목소리가 지금 내 앞에 앉아 있는 젊은 엄마의 목소리와 겹쳐졌다. 다 큰 딸에게 피아노를 열심히 치라고 골프채로 윽박지르는 아버지. 대학입시, 직업, 결혼, 심지어 합방 날짜에 제왕절개 날짜까지 일일이 챙겨주는 엄마.

그 부모 입장에서는 딸을 잘 키우고 싶어서 그랬을 것이다. 남부럽지 않은 대학에 보내서, 남부럽지 않은 결혼을 시키고, 남부럽지 않게 살게 하고 싶은 그 마음. 그러니 일류 대학을 가고, 좋은 직업을 갖게 되면 다 부모가 잘 키운 덕분이고 생각한다. 반항히는 지식에겐 다 너 잘 되라고 그런 것이라고 말하면서. 나이든 부모는 그렇게 성장한 자식들 앞세우고 자랑을 하며 늙어갈 것이다.

좋은 부모란 무엇인가.

『나는 내가 좋은 엄마인 줄 알았습니다』라는 책에는 이런 대목이 나온다.

그들은 내가 선택한 대로가 아니라 자신이 선택한 대로 살 권리가 있다. 내가 스스로 자립하고 나 자신의 욕구를 충족시키면서 내 가족의 삶이 향상되었다니 신기한 모순이 아닐 수 없다. (『나는 내가 좋은 엄마인 줄 알았습니다』 중에서, 앤절린 밀러 지음, 이미애 역, 윌북 펴냄)

작가는 그리고 이렇게 고백한다. '누군가 나를 필요로 하기를 바랐다. 내 자존감은 거기에 달려 있었다.'라고.

아이의 인생이 있고, 부모의 인생이 있는 것이다. 아이의 성공이 부모의 성공일 수는 없다.

나는 소위 자녀교육에 성공했다고 말하는 사람들의 말을 별로 믿지 않는다. 당장 좋은 대학, 좋은 직업을 갖고 있다고 해서, 사회적으로 유명해졌다고 해서 성공했다고 할 수 있나. 큰 화제가 됐던 드라마 '스카이캐슬'은 우리 사회의 단면을 그야말로 극단적으로 보여주었다.

오랫동안 나는 소위 성공한 사람들을 인터뷰하고 살아왔다. 그러는 동안 그 성공이야말로 세상을 살아가는 데 굉장히 중요한 것이라고 생각했다. 그런데 지금은 성공이란 단어조차 어떤 곳에서도 쓰고 싶지 않다.

성공이란 것은 너무나 허황하다. 성공한 자녀교육이란 더욱더 허황한 일이다. 저마다 자기 몫을 갖고 태어나고, 그 몫만큼 살아낸다. 나는 내 몫을 살아내면 된다. 가수 홍순관의 노래처럼 '나처럼 사는 건 나밖에 없다'. 인생이 짧다고 하지만, 길다. 마지막까지 살아내야 한다.

"전 집이 좋아요. 얼른 집에 가고 싶어요."

엄마는 더 말을 하고 싶어 하고, 딸은 집에 돌아가고 싶다고 했다. 엄마를 따라와 하룻밤을 시골 책방에서 묵은 아이는 그새 집이 그리워진 것이다. 책을 좀 많이 읽는 엄마는 밤새 책을 읽을 요량이었지만 한없이 잠이 쏟아져 푹 자고 일어났다.

하룻밤 자고 나서도 딸은 여전히 학교를 그만두겠다고

91

했다. 나는 키 크고 늘씬한 그 예쁜 딸을 꼭 껴안아줬다. 엄마도 힘들지만 정작 이제 열다섯 살 아이는 또 얼마나 힘들까. 그래도 밖으로 돌지 않고 엄마와 같이 다니고, 집을 좋아하는 아이는 건강한 아이다.

남의 아이는 이렇게 꼭 껴안아줄 수 있으면서, 질풍노도 속을 달리던 내 아이의 중학교 2학년 때 나는 껴안아주지 못했다. 왜 남들처럼 못하냐고 윽박질렀다. 그 후로도 나는 그랬다. 미안하다고 말하고 껴안아 주기엔 이젠 너무 아들이 커버렸다. 언제부턴가 아들을 그냥 바라보는 이유이기도 하다.

# 7. 아이와 눈을 맞추는 부모들

클래식 연주자들 모임 '수클래식'과 함께한 콘서트를 보고 엄마 셋, 아이 넷이 하룻밤 묵었다. 지난 여름, 북스테이를 한 엄마가 아이 둘을 데리고 다시 왔고, 친구인 엄마 둘은 각각 아들을 데리고 왔다. 아이들은 만나면 금세 친구가 된다. 밤새 함께 놀고 뛰었다.

아침에 1층 카페로 먼저 내려온 아이들은 샌드위치를 먹으면서 책을 봤다. 일곱 살짜리 여자 아이는 책을 골라 혼자 조용히 읽다 다시 책을 골랐다. 남자 아이들은 함께 퍼즐을 맞추고 노느라 정신없다. 또 다른 여자 아이는 다른 엄마 무릎에 앉아 그림책 속으로 빠져들었다.

파자마 바람의 아이들. 시골 책방에 와서 클래식 콘서트를 보고, 하룻밤 자면서 새로운 친구를 만나고, 책 읽고, 시골마당에서 논다.

얼마 전에는 엄마 다섯이 아이들을 데리고 하룻밤 묵었다. 카페만 있는 것이 아닌, 책이 있는 책방이니 애들은 오면 일단 책부터 본다. 유난히 책을 좋아하는 아이들이다 싶었는데 9시 넘어 카페 문을 닫자 잠자리채와 헤드랜턴 등을 끼고 마당으로 나갔다. 본격적인 야간채집을 한다는데 청개구리를 발견했다며 시끌벅적, 귀뚜라미를 잡았다며 시끌벅적 야단이다.

마침 이웃이 오더니 당신네 집으로 아이들을 데리고 갔다. 닭장 문을 열고 닭도 만져보게 하고, 토끼도 만져보게 하고. 덕분에 아이들은 제대로 시골 체험학습을 했다. 하루종일 조용했던 곳이 덕분에 에너지가 넘쳤다.

늦도록 자지 않아 늦잠 잘 줄 알았던 아이들은 아침 일찍 일어났다. 잠자리채를 들고 또 뭔가를 잡으러 다니기 바쁘다. 밤새 잘 놀고 잘 잔 아이들이라 건강하다. 더 놀고 싶은 아이들을 데리고 엄마들은 가까운 농촌테마파크로 갔다. 아이들이 얼마나 예쁜지. 이런 곳에 아이들을 데리고 온 엄마들도 얼마나 예쁜지. 아, 내가 나이 먹었나?

외진 시골 책방까지 아이를 데리고 오는 부모들은 조금 특별하다. 부모가 책을 좋아하지 않으면 이곳까지 오기가 쉽지 않다. 그래서 그런지 아이들도 책을 좋아한다. 아직 어린 아이들은 엄마와 함께 그림책을 읽고, 조금 큰 아이들은 스스로 책을 골라 읽는다.

가끔, 아이에겐 책을 보라고 하고 엄마는 스마트폰만 보는 경우가 있다. 아이가 보고 싶어 하는 책이 무엇인지 관심을 두지 않고, 본인 역시 책에 별로 관심이 없다. 책을 사주기보다 책장에서 그냥 꺼내볼 수 있는 책만 보게 한다. 책보다 스마트폰을 보고 싶은 아이는 엄마 눈치를 보며 책장에서 꺼낸 학습만화 몇 장을 뒤적이다 이내 지루해한다. 밖에 나가 놀겠다고 하면 엄마는 스마트폰에서 시선을 떼지 않고 말한다.

"책 좀 보고 있어."

엄마는 마치 중요한 일을 하고 있다는 듯.

그러나 이곳을 찾아오는 부모는 대부분 아이와 눈을 맞춘다. 아이와 눈을 맞추는 것이 어떤 것인지 몸으로 보여

줬던 젊은 부부가 생각난다.

부부 건축가인 그들은 같은 회사에서 일을 하는 동료이기도 했다. 그들은 두 딸을 데리고 주말마다 여행을 다니는데 아이들에게 많은 것을 보여주고 싶기도 하지만, 주중에 두 아이를 돌보는 부모님께 휴가를 드리기 위함도 있다고 했다. 두 가지 이유 모두 얼마나 예쁜지, 좋아하지 않으려야 않을 수 없었다.

그런데다 야무지고 똑똑한 젊은 엄마는 세상에 궁금한 것이 많았다. 일도 욕심껏 하고 싶고, 아이들을 공부만 하는 아이보다 세상을 넓게 보는 사람으로 키우고 싶다고 했다. 그러니 얼마나 할 말이 많겠는가. 심지어 나는 주방에서 일하면서, 그녀는 카운터 앞에 서서 이야기를 했다. 그러다 그들이 떠날 때는 아직도 할 말이 많아 아쉬울 정도였다.

남편은 아내와 내가 수다를 떠는 사이, 아이들을 챙겼다. 그는 아이처럼 키를 낮추고 아이와 이야기를 했다. 아이 옆에서 무릎을 꿇고 아이 눈높이에서 보이는 것을 함께 보려고 했다. 그들은 아이에게 성실했다. 건성으로 대답하지 않았다. 아이의 요구가 무엇인지 충분히 듣고, 아이와 이야기를 하고, 아이들의 요구를 들어줬다. 특히 엄마를 많이 그리워하는 둘째 아이를 위한 마음이 돋보였다. 그러는 사이 큰아이에 대한 배려도 잊지 않았다.

내가 먼저였던 나는 대충 말했었다. 알았어, 조금 이따 해줄게, 엄마도 피곤해, 조금만 참으면 안 될까 등등의 말. 아이와 눈높이를 맞춰 생각한다고 했지만 그들처럼 실제 무릎을 꿇고 내 몸을 낮춰 아이의 시선으로 보지는 않았다.

부모의 역할은 지치지 않고 아이 눈높이에 맞춘다는 것이다. 그 젊은 부부의 좋은 부모 모습, 그들의 건강하고 밝은 모습이 오늘 아침 젊은 엄마들과 함께 겹쳐진다. 하룻밤 인연인데도 이렇게 기억에 남고 그리운 사람들도 있다. 참나.

# 8. 책 욕심이 많은 아이

전날 저녁, 강연을 들은 가족이 하룻밤 묵었다. 아침 식사를 하면서 이런저런 이야기를 나누다 공기업에 다니는 아빠가 현재 육아 휴직 중임을 알게 됐다. 교사인 엄마가 출산 후 육아 휴직을 마치고 학교로 돌아간 후 아빠가 육아휴직을 함으로써 아이들을 직접 키우고 있다고 했다. 아이를 어린이집과 유치원, 학교 등에 보내고 종종대던 시절이 떠올라 아, 정말 세상이 좋아졌다는 말이 절로 튀어나왔다. 물론 앞으로 아이를 키우기 위한 시스템과 환경이 더 만들어질 필요가 있지만.

아이 엄마는 책을 꽤 읽는 편이었다. 책을 좋아하는 부인과 사는 남편도 책을 많이 읽을까 싶어 물었더니 대뜸 말했다.

"전 책 안 좋아해요. 그런데 제가 텔레비전을 보든 게임을 하든 집사람이 그 옆에서 책을 읽는 거예요. 그래서 말했죠. 결혼기념일 선물로 내가 책을 읽을 테니 내가 읽었으면 좋을 책 10권의 리스트를 만들어 달라고 말입니다. 사실 100권쯤 하고 싶었는데 그렇게 하면 아예 못 읽을 것 같아서 일단 10권만 하기로 했죠."

읽고 싶은 책 리스트를 주면 남편이 책을 선물하겠다고 하는 줄 알았는데 자기가 책을 읽는 것이 선물이라니! 조금은 엉뚱하지만 기발한 생각에 한참을 웃었다. 얼마나 사이좋은 부부인가. 어제 저녁에는 근처 밥집에 가서 식사를 하는데, 이들 가족이 너무 좋아 보인다며 동네 어르신이 두 아이에게 1만원씩 주셨단다.

"이 동네를 난생 처음 와봤는데 자연도 좋고, 사람도 좋고. 이 동네로 이사 오고 싶어요."

식사를 마친 이들은 책을 둘러보기 시작했다. 책을 좋아하는 엄마는 책을 꼼꼼히 둘러봤다. 한참 둘러본 후 선뜻 책을 집어 들지 못하는 듯해 몇 권의 책을 추친했다. 그래서 고른 책이 『불행은 어떻게 질병으로 이어지는가』, 『길 잃기 안내서』, 『가재가 노래하는 곳』이었다.

'책을 별로 읽지 않는다'는 남편은 서성대다 『아무튼, 서재』를 집어 들었다. 『아무튼, 서재』라면 나로서는 아주 할 말이 많은 책. 목수인 작가 김윤관은 독서가여서 책 읽는 맛이 아주 좋다, 나는 이 책을 손에서 뗄 수 없이 단숨에 읽었다, 너무 재미있다, 가구 이야기지만 결국은 책 이야기다 등등. 그러자 그는 할아버지가 생전에 목수였다는 이야기를 하면서 결국 그 책을 구입했다. 아침 샌드위치를 먹으면서도 책에 빠져 있던 아이가 고른 책은 『한밤중 달빛 식당』. 계산을 하면서 남편이 말했다.

"책에 사인 좀 해주시죠."

그러자 아내가 말했다.

"선생님 책을 사야 사인을 받지."

맞는 말이다. 내 책에다 사인을 해야지, 책방 주인이라고 파는 책에 사인을 할 수는 없는 일. 내가 난감한 표정을 짓자 남편이 뛰어가서 내 책을 집어 왔다. 『아들과 클래식을 듣다』. 오디오를 손봐서 아이와 함께 책을 읽으며 음악을 들어야겠다고 했다.

"저, 이 책도 사 주세요."

그러는 사이 아이가 책 한 권을 더 갖고 왔다. 『세계의 도시, 미로 여행』. 그러자 이들 부부, 고민에 빠졌다. 책방 주인의 책을 사서 사인을 받느냐, 아이가 원하는 책을 사느냐. 아빠가 아이를 설득했다.

"이 책을 사면 작가님 사인을 받을 수 있어."

"아빠만 많이 사고 ……."

"아니야! 이거 다 엄마 책이야! 아빠는 한 권밖에 못 샀어. 엄마는 책을 좋아하니까 많이 사는 거야."

"나도 책 좋아하는데 ……."

아이는 떼를 쓰거나 목소리를 크게 하지도 않았다. 그저 자기가 읽고 싶은 책을 사고 싶을 뿐이라고 조용히 말했다. 결국 아빠는 고민 끝에 『아들과 클래식을 듣다』도 사고 『세계의 도시, 미로 여행』도 샀다.

"내 아이가 책 욕심이 있는 줄 몰랐네요."

"다른 것도 아니고 책 욕심인데, 얼마나 좋은 욕심이에요. 이런 욕심을 부리는 아이에게는 책을 맘껏 사 줘야죠."

경기도 부평에서 온 이들은 우리 집에서 불과 10분 거리에 있는 농촌테마파크로 가서 썰매를 탄다고 샀다. 이 아이들이 1년 후, 혹은 더 성장해서 온다면 좋겠다. 그러면 쑥쑥 책과 함께 크는 아이의 모습을 보는 즐거움을 누릴 수 있을 테니.

그들이 돌아간 후 책방 안으로 햇살이 가득했다. 햇살을 받아 빛나는 식물들을 사진 찍고, 등에 햇살을 받기도 하고, 오래 햇살과 놀았다. 놀아도 좋은 날이었다.

# 3장

# 1. 엘라 피츠제럴드를 듣다

매일 아침이 새로우면 좋겠지만, 일상은 그렇지 못하다. 어떤 날은 깊이 잠들기도 하지만 일상은 늘 깊이 잠들 수 없다. 일상의 낯선 순간이 가장 좋다. 순간, 찰나. 그런 것들로 때로는 하루를 견디기도 한다.

나무를 한번 올려다보는 순간, 햇살을 받는 순간, 그림자를 발견하는 순간. 그런 순간들이 사소하고 구질구질하고 머리 무거운 순간들을 덮어준다. 물론 순간으로 덮어질 수 있는 것들이라면 견딜 만한 것들이겠지만, 그런 순간들이 이어져 견뎌내는 힘이 생기는 것인지도 모른다. 하루치를 살아내는 일이 쉽지만은 않은 이유나.

남성 몇이 왔다. 그중 한 사람의 얼굴을 본 순간 재즈가
듣고 싶어졌다.

그동안 틀고 있던 브람스 첼로 소나타 대신 엘라 피츠
제럴드(미국의 재즈 가수, 1917~1996) 시디를 걸었다.

나중에 한 사람이 물었다.

"혹시 재즈를 좋아하세요?"

내게 재즈 음반을 걸게 한 사람이었다.

## 2. 책을 읽고
### 또 읽는 사람들

"어떻게 오셨어요?"

여성 두 명이 여행 가방을 들고 들어와 깜짝 놀라 물었다. 그들이 출발한 곳은 죽전. 같은 용인이지만 이곳은 대중교통을 이용해서 오기가 쉽지 않다. 죽전에서 용인 시내까지 전철을 타고 이곳까지는 다시 택시를 탔다고 했다.

북스테이 체크인 시간은 오후 4시. 조금 일찍 온 그들은 1층 카페에 앉아 책을 봤다. 한 친구가 더 오기로 했는데 통 오지 않아 물어보니 여전히 오고 있다고 했다. 그가 출발한 곳은 분당. 분당에서는 또 어떻게 오나. 용인까지 와서 버스를 타고 온다는데, 그게 아주 오래 걸리는데. 출발

한 지가 한참인데도 좀처럼 오지 않아 내가 더 조바심이 났다.

사실 우리 집은 서울에서 오는 게 가장 편하다. 남부터미널에서 시외버스를 타면 45분이면 좌전에 도착, 그곳에서 택시를 타면 5분이면 온다. 그 외 지역은 대중교통이 꽤 불편하다. 30분, 혹은 1시간에 한 번씩 있는 버스를 타야 한다. 시골이기 때문이다.

아주 오랜 시간을 걸려 한 친구가 왔다. 그를 보자 친구들보다 내가 더 반가웠다. 그들이 온 날은 문태준 시인의 강연이 있던 날. 함께 강연을 듣고, 함께 저녁을 먹었다.

이런저런 이야기를 나누다 그들이 98년생, 대학 3학년이라는 것을 알았다. 대학생인 이들이 책을 보러, 북스테이를 하러 온 것이다. 얼마나 예쁜지, 보고 또 봐도 좋았다. 각각 밤새 읽을 책을 한 권씩 갖고 올라간 그들은 다음날 그 책들을 다 읽었다고 했다. 아침 식사를 한 후 동네를 산책하고 돌아온 그들은 문태준의 시집 『내가 사모하는 일에 무슨 끝이 있나요』를 한 권씩 들고 돌아갔다.

한 번은 스물다섯 청년들이 다녀갔다. 각자 읽을 책을 갖고 와 이런저런 이야기를 나누고 저수지를 산책하고 돌아와 밤에 영화를 볼 계획이라고 했다. 어떤 영화인지 물어 봤더니 <시네마 천국>이라고 했다. 노트북으로 본다는 것을 빔 프로젝터를 이용해 제대로 보게 했다. 군대 간 아들이 생각나 이런저런 이야기를 많이 나누었다.

그들은 한동네에서 같이 자란 어릴 적 친구들이라 흉허물이 없었다. 그들은 대학 대신 일찍 사회에 나갔다고 했다. 그들이 더욱 예뻐 보였다. 기분 내려고 마신 술이 각각 맥주 한 캔 정도였다.

20대 초반. 사회에서는 이들에게 얼마나 많은 것을 하라고 요구하고 있을까. 대학을 다니든, 혹은 대학을 다니지 않든 이렇게 살아야 한다, 저렇게 살아야 한다면서 얼마나 빨리 달리라고 말하고 있을까. 각자의 호흡대로 달리고 있을 그들에게 사회의 잣대를 들이대며. 이들은 자기 호흡을 하고 있는 이들 같아서 좋았다. 일찌감치 조용히 자기의 숨소리를 듣고 있다면 세상을 살아가는 데 조금은 덜 지치지 않을까 싶어서 말이다.

또 지난 연말에는 스물아홉 살 청년이 왔다. 연말 휴가를 책을 보며 산책하고, 생각을 정리하기 위해서 왔다고 했다. 1층 책방에서 책을 구입해 오래 읽던 그와 함께 저녁 식사를 하며 이런저런 이야기를 나누었다. 여자 친구 이야기도 듣고, 우리들 살아온 이야기도 했다. 한때 언론사에 들어가고 싶었다는 그에게 남편은 기자라는 직업에 대해 이야기했다. 밤낮없이 일했던 시절들 이야기를 하며 간만에 남편은 말이 많았다.

밤에 친구가 찾아와 둘은 밤새 이야기를 나누고, 조금 늦게 일어나 식사를 하고 동네 산책을 나섰다. 조용한 시골 마을길을 걷다 고라니도 보고, 저수지 둘레길을 산책하고 와서는 각각 구입한 책을 햇살을 등지고 앉아 오래 읽었다.

예전 여행을 자주 다닐 때는 가방 속에 꼭 책 한두 권씩을 넣었다. 국내외 어디든 돌아다니다 서점이 있으면 들어가 구경은 했지만, 책을 목적으로 한 여행은 일 때문에 떠난 북페어가 전부였다. 만약 내가 젊었을 때 시골에 작은 책방이 있었다면, 그 책방에서 하룻밤 묵을 수 있었다면 나도 이런 여행을 했겠구나 싶다.

작은 책방을 구경하고, 어떤 책이 있나 꼼꼼하게 살펴보면서 주인장의 취향도 엿보고, 주인장에게 어떻게 책방을 하게 됐나 궁금한 것을 물어보기도 하고. 그러다 맘에 드는 책을 한 권 사서 읽다가 잠깐 졸음이 밀려오면 깜빡 졸고. 밖에 나가 나무와 하늘을 보기도 하고, 오래된 시골길을 걸어보기도 하고. 혹은 그냥 풍경을 바라보면서 멍하니 앉아 있거나 음악 속으로 들어가기도 하고. 생각하면 참 좋은 여행이 아닌가.

또 한 번은 젊은 대학 교수가 혼자 온 적도 있다. 그의 북스테이 목적은 온전히 책만 읽기. 책을 한 권 구입해서 다 읽으면 또 한 권의 책을 구입해서 읽었다. 그가 하룻밤 묵으면서 읽은 책은 『가재가 노래하는 곳』, 『여행의 기술』, 『아이들의 계급투쟁』, 『한나 아렌트 세 번의 탈출』 총 4권이었다. 그가 묵던 날, 때마침 『아이들의 계급 투쟁』으로 독서 모임을 하는 날이어서 그도 함께했다.

책을 읽지 않는다고 해도 이곳에서 사람들을 만나다 보면 책 읽는 사람들이 참 많구나 싶다. 일부러 시골마을까지 찾아오고, 책을 한 권 구입해서 읽는 풍경. 어쩌면 그동안 이런 문화가 없었기 때문에 이런 걸 즐기지 못한 건 아닐까 하는 생각이 들 정도다. 이런 곳이 많아지고, 이런 삶의 풍경이 많아진다면 세상은 조금 더 따스해지지 않을까.

## 3. 어메이징!
### '문화 샤워'예요

"강연 내용을 당장 기억하지 못해도 아이들은 온몸으로 새겼을 거예요. 이곳의 모든 분위기에 마치 샤워를 한 느낌이에요. 문화 샤워! 평생 잊지 못할 거예요."

처음 왔을 때 아이들은 엄마를 따라 그냥 왔을 뿐이었다. 마침 꽁꽁 언 개울에서 얼음을 지치고 신나게 놀면서 아이들은 서점이라고 하기에는 너무 작은 이곳을 그냥 책 있는 카페쯤으로 생각했을 것이다. 한겨울에 아이스초코를 마시면서 말이다.

두 번째 방문은 이광희 작가의 '조선시대 깊이 읽기' 1차 강연 날이었다. 역사를 좋아하는 아이는 귀에 쏙쏙 말이 들어왔다고 했다. 그리고 이곳에서 가까운 기흥에 사는 엄마는 멀리 의정부에 사는 친구와 함께 '조선시대 깊이 읽기' 2차 강연을 예약하면서 북스테이를 예약했다.

중학교 1학년 때 만난 엄마들은 각자 결혼해 아이를 낳고 키우면서 여전히 가깝게 지냈다. 아이도 같은 해에 낳았다. 각자 일을 하면서 아이를 키우다 보니 두 친구는 할 이야기도 많았다.

의정부에 사는 친구는 기흥 친구네서 하룻밤을 자고 토요일 오후 일찌감치 찾아와 이른 저녁을 먹고 짐을 풀었다. 세 번째 방문한 아이들은 이제 이곳이 익숙하다. 표정이 밝고 활달할 밖에. 집 주변 이곳저곳을 다니고, 강연 시작 전 만난 이광희 작가와도 이런저런 이야기를 많이 했다.

강연이 끝나고 늦은 밤, 이광희 작가와 함께하는 식사 자리에서도 아이들은 또 말이 많았다. 강연을 연달아 듣고, 강연 전후로 함께하다 보니 작가 선생님에게 아이들은 할 말이 많을 수밖에. 때마침 생일을 맞은 한 엄마를 위해 다 같이 케이크를 나누었다.

닭 울음소리에 깨어나는 황토 집, 달빛이 훤한 마당. 도시 아파트에 사는 아이들은 시골집이 이런 곳이구나 하고 느꼈을 것이다. 이튿날 느지막이 일어나 샌드위치를 먹는 아이들에게 물었다.

"하룻밤을 잔 느낌이 어땠어?"

"어메이징했어요!"

강연을 듣고 하룻밤을 자는 시골 책방. 아이의 '어메이징'에 그 뜻이 다 표현되어 있었다. 시설 좋은 곳도 많고, 대형 서점도 많은 요즘 굳이 이 시골까지 찾아온 어머니는 말했다.

"강의를 듣고, 작가를 만나고, 개울에서 얼음을 지치고. 시골 책방에서 하룻밤을 지낸 것은 온몸으로 느낀 문화샤워였어요."


아는 것도 중요하지만, 느끼는 것이 더 중요하다. 느끼는 것이 많을수록 감각이 발달하고, 삶이 풍부해진다. 겨울 숲 냄새와 밤 냄새, 새소리와 달빛과 개울의 얼음, 시골 책방, 황토벽, 흙 마당. 거기에 작가 강연과 강연 후 함께 식탁에 앉아 이야기를 나눈다는 것. 아이들 온몸에 스며든 그것들은 사는 동안 불쑥불쑥 고개를 내밀고 따스한 기억을 남겨줄 것이다. 추억이 많은 사람은 행복하다는데 이런 추억이 많다면 얼마나 좋을까.

얼마 남지 않은 겨울햇살이 따스하다. 곧 봄이 되면 이
곳은 얼마나 또 아름다울지. 아침나절 이곳을 방문하는 사
람들은 겨울햇살을 등지고 책 읽는 즐거움을 말한다. 그 즐
거움을 나는 너무 잘 안다. 등 뒤로 내리쬐는 그 따사로운
기운으로 나도 또 하루치를 살아내기 때문이다.

## 4. 대박나세요

갑작스런 방문이었다. 큰딸은 초등학교 2학년이 되고 둘째는 다섯 살이 된 두 딸을 데리고 젊은 엄마가 왔다. 에버랜드 앞에서 하룻밤을 자고 우리 집을 찾아왔다고 했다. 사실 다른 북스테이를 알아봤는데 유명한 곳이라 예약이 불가능했는데, 정말 우연찮게 우리 집을 인터넷에서 발견했단다.

그들이 사는 곳은 우리와 같은 용인. 그들은 불과 1시간도 채 걸리지 않는 곳에 집을 두고 1주일 여행을 나선 참이었다. 집에서 자동차로 1시간 이내 숙소를 정하기로 했는데 그 이유는 그 시간을 넘어가면 아직 어린 아이들이 힘들어하기 때문이라고 했다.

두 아이를 데리고 여행하는 게 지칠 법도 한데 젊은 엄마는 아이들에게 짜증 한 번 내지 않고 아이 눈높이에 맞춰 차분하게 설명하고 기다렸다. 그 모습을 보면서 문득 내 아이가 어렸을 때 기다리면서 키우지 못한 모습이 생각났다. 늘 빨리 하라고, 시간이 없다고 재촉하면서 아이를 키웠다. 서너 살 무렵, 늘 시간이 없다는 내게 아이가 눈을 동그랗게 뜨고 말했다.

"엄마, 시간을 붙잡아. 시계를 멈춰."

하루만 머물기로 한 엄마와 아이들은 하루를 더 묵었다. 마을을 산책하고, 카페에서 책을 보고, 방에서 뒹굴고. 이틀째 머물다 보니 아이들은 집이 익숙해졌고 우리도 정이 들었다. 거실에서 장작난로를 켜놓고 함께 영화 〈겨울왕국〉을 보기도 했다.

첫날 책을 한 꾸러미 사갖고 방으로 올라간 엄마는 다음 날 또 책을 골랐다. 학원 대신 아이와 함께하는 것을 더 소중히 여기는 엄마. 어떻게 살 것인가, 어떻게 아이들을 키울 것인가 고민하는 엄마. 하긴 모든 엄마들이 그 고민을 하겠지만 어떤 방향을 바라보느냐, 그에 따라 서로 다른 결이 만들어질 뿐이다.

"황토 집에서, 이런 서까래가 있는 집에서 살고 싶다는 꿈을 가졌지만 그건 요원하니 그런 집에서 하룻밤이라도 지내보자 하는 것이 버킷 리스트였는데 그게 이렇게 빨리 실현될 줄 몰랐어요."

젊은 엄마의 말이었다. 아이들은 여기가 호텔보다 좋다고 했다. 참 고마운 말이다. 어떻게 호텔보다 좋을까. 아이는 이 '좋은 집'을 그림으로 그려 선물로 주고 갔다. 그리고 그날 밤 다시 문자가 왔다.

리조트에 이제 도착했습니다. 생각을담는집이 어찌나 생각나던지, 정말 좋았습니다. 그리고 제가 머무르고 싶을 때 머물지 못하게 되더라도 진짜 대박 났으면 좋겠다는 생각을 수백 번 한 것 같습니다. 또 찾아뵙겠습니다. 편안한 저녁 보내시길 바랍니다.

대박 나길 바라면서 시작한 일이 아니라서 지금도 좋다. 언제든 예약할 수 있는 지금의 하루도 짧기만 하다. 때때로 찾아오는 사람들이 있는 집. 책과 강연과 콘서트 등으로 문화를 만나는 집. 그래서 이곳에서 다양한 생각들을 하고 돌아가는 집.

이틀을 함께한 탓인지 그새 아이들이 그리워졌다. 이 아이들이 커서 청소년이 되었을 때, 청년이 되었을 때, 그리고 엄마가 되었을 때 다시 이곳을 찾아오면 참 좋겠구나 싶은 밤이다.

## 5. 크리스마스 선물

크리스마스를 보내기 위해 일찌감치 북스테이 예약을 한 젊은 부부가 있었다. 그리고 크리스마스를 며칠 앞두고 한 가족이 예약을 했다.

젊은 부부는 충남 홍성에서 퇴근하고 저녁만 먹고 왔는데 저녁 9시가 다 되어 도착했다. 하교하는 딸을 차에 태워 서울에서 달려온 가족은 저녁 무렵 도착했다.

CBS '김현정의 뉴스쇼'를 아침마다 엄마와 듣는다는 딸, 기숙사에서 생활한다는 아들, 그리고 지방에서 일한다는 남편. 그러니 가족이지만 넷이 함께하는 식탁이 드물 수밖에 없다.

그들은 크리스마스를 함께 보내기 위해 케이크를 준비하고, 와인을 준비했다. 이런저런 이야기를 함께 나누면서 와인 두 병이 금세 동났다. 딸은 틈틈이 박준 시인의 산문집 『운다고 달라지는 것은 없겠지만』을 읽고, 아들은 기타를 쳤다.

늦게 온 신혼부부는 카페에 늦도록 앉아 뭔가를 적어가며 이야기를 나눴다. 서로 사용하는 사랑의 언어를 각자 적어봤다고 한다. 그 결과 말을 많이 하는 아내와 말을 들어주는 남편이 쓰는 사랑의 언어는 많은 부분이 같다고 했다.

밤늦게 군대 간 아들이 휴가를 나와 친구와 같이 왔다. 늦은 밤 스파게티를 하고, 바비큐를 굽고, 샐러드를 만들었다. "역시 집밥이 최고."라고 아들이 말했다. "역시 함께 오길 잘했다"라고 아들 친구가 말했다. 이들은 피아노를 치며 노래를 하고, 음악을 크게 틀어놓고 몸을 흔들면서 식사를 했다.

여행을 가든지, 아님 외식을 하든지 했던 도시에서의 삶을 벗어나니 누군가 찾아오는 크리스마스가 되었다. 평범한 일상, 안전한 일상에서 맞는 크리스마스. 최고의 선물이다.

# 6. 첫 혼자만의 여행

"혼자 여행한 목적, 그걸 이뤘어요."

샌드위치와 커피를 마주하고 이런저런 대화를 나누던 중 그녀가 환한 얼굴로 말했다.

결혼 후 첫 혼자만의 여행. 얼마나 설레고, 얼마나 기대되고, 또 한편으로는 얼마나 두려웠을까. 그리 먼 곳도 아닌, 자동차로 불과 40여 분 거리에 있는 이곳으로 오면서 그녀는 많은 생각을 했을 것이다. 이제 네 살 된 아이를 남편에게 맡기고 나오면서는 아마 발길이 떨어지지 않았을 것이다. 그래서 여러 번 남편에게, 아기에게, 그리고 자신에게 물었다고 했다.

"나 정말 갔다 와도 돼?"

'나 정말 혼자 가도 되나?'

이제 서른한 살. 결혼 후 아이를 낳고 전업주부로 머물렀던 그녀는 다시 직장을 나간 지 얼마 되지 않았다고 했다. 그녀는 사회에 나가면 자꾸만 잃어가는 자신을 찾을 수 있을 것이라고 생각했다. 하지만 직장은 자아실현의 장소가 아니었다. 업무는 끊임없이 쏟아지고 완벽하게 해낼 수 없다는 불안감이 밀려왔다. 아직 결혼하지 않은 동료들이 일에 전념하는 모습을 보면 부러웠다.

출퇴근을 하다 보니 집안은 예전 같지 않았다. 남편은 돕는다고 돕지만 대부분의 가정이 그렇듯 여성의 손길이 더 많이 갈 수밖에 없다. 하루가 다르게 크는 아이에겐 미안함이 쌓였다. 함께 있어주지 못해서, 더 잘해주지 못해서. 그게 심해져 어떤 날은 죄책감마저 들었다. 그러다 보니 남편과의 관계도 소원해졌다. 말을 하고 싶은데 대체 어디에서부터 어떤 말을 하면 좋을지. 할 말은 많은데 할 말이 없었다.

'남편과 나는 서로를 알고나 있을까. 그는 지금 나를 이해하기는 할까.'

아침에 일어나 출근하고, 회사에 나가 한바탕 전쟁을 치르고, 다시 집으로 출근하는 매일의 연속. 어쩌다 보니 남편에 대한 서운한 마음만 가득했다. 어느 날 남편이 말했다.

"혼자 여행 다녀와."

남편은 혼자 여행을 했던 경험이 있었다. 그러나 그녀는 경험이 없었다. 남편은 그에게 자신만의 시간을 가지라고 했다. 혼자 멀리 가는 것을 불안해하자 남편은 집에서 가까운 우리 집을 소개했다. 그녀가 사는 분당과 우리는 사실 옆 동네. 밤에 무슨 일이라도 있으면 금세 달려갈 수 있는 거리. 남편은 이곳을 예약했고, 그녀는 이곳으로 떠나왔다.

그녀의 이야기는 곧 나의 이야기이기도 했다. 그녀와 이야기를 나누면서 내가 했던 말은 나도, 나도, 나도였다. 지나간 시간이지만, 그래서 잊고 있었다 생각했지만 그녀의 말에 아이를 데리고 종종거리며 살았던 나의 젊은 시절이 오롯이 살아났다. 나도, 나도, 나도를 연발했지만 결국 내가 한 말은 그래도 그 시절을 무사히 지나왔기 때문에 지금 살아가고 있다는 것이었다.

순간순간 결정을 하고, 그 결정대로 달라지는 삶의 결

들. 하룻밤 혼자만의 여행으로 인생이 달라지지는 않을 것이다. 그러나 그런 순간들이 모여 달라지는 것이 인생이다.

그는 혼자 책을 읽다, 혼자 차를 마시다, 혼자 음악을 듣다 갔다.

"근데 저 음악이 뭐예요. 책을 보면서 듣고 싶어서요."

그녀가 문을 열고 나갔다 다시 들어와 물었다. 오늘 걸었던 음반은 안드레아 보첼리의 <영혼의 아리아>. 정명훈 지휘, 산타 체칠리아 아카데미 오케스트라와 합창단이 함께한 것으로 1999년 발매된 것이다. 앞으로 그녀에게 이곳은 안드레아 보첼리의 성가와 함께 기억될 것이다. 그의 노래를 들을 때마다 이곳에서 묵었던 하룻밤과 그 짧은 혼자만의 하룻밤의 생각들이 떠오를 것이다.

흐린 날이 가고, 햇빛 찬란한 오후다.

# 7. 부러운
## 여행자들

"허수경, 좋지."

엄마와 딸의 대화다.

허수경의 시집 『혼자 가는 먼 집』을 딸이 집어 들었다.

"얘가 이런 책을 읽으라고 추천해줘요."

엄마에게 허수경 책을 추천해 주고, 그 책을 읽을 수 있는 엄마. 묻지는 않았지만 60대, 혹은 70이 조금 안된 듯했다.

"저희가 딸만 넷이에요. 아까 함께 왔던 언니가 큰언니, 둘째 언니, 그리고 저. 막내는 미국에 있어요."

함께 머문 셋째 딸만 엄마와 함께 차를 타고 오고, 각자의 집에서 출발해 오느라 모두 세 대의 차량이 한꺼번에 들어왔던 터였다. 오후 내내 엄마는 딸 셋과 카페에 앉아 이런저런 이야기를 나누었다. 소리도 크지 않게 조곤조곤, 웃기도 하고, 엄마는, 언니는, 너는 ……, 끊임없이 이야기를 나눴다. 그러다 언니들은 각자 집으로 돌아가고 셋째 딸과 엄마는 남아 동네를 산책하고 돌아와 하룻밤을 묵었다.

"사실 아빠와 함께 오려고 했는데 아빠가 여자들끼리만 시간을 보내라고 했어요."

아내에게 딸들과의 시간을 갖도록 특별히 배려한 그 아빠는 우리가 함께 저녁을 먹는 동안 전화를 여러 번 했다. 유리컵에 우유를 넣어 인덕션에 올려놓았더니 유리컵이 깨졌다는 것이었다. 잠시 후 다시 또 전화가 왔다. 베이글에 치즈를 발라 먹으려는데 치즈가 어디 있는지 못 찾겠다는 것이었다. 아내가 없는 집에서 저녁을 해결하려는 나이든 아버지의 모습이 그대로 그려졌다.

아내와 딸의 오붓한 여행을 위해 일부러 혼자 남아 빵을 사고, 냉장고를 뒤적이는 아버지. 깨진 유리컵을 치우느라 눈을 크게 뜨고, 뜨거운 인덕션에 그대로 남아 있을 우유 자국들을 문질러댈 아비지.

아내는 남편에게 타박하는 기색 하나 없이 조심해서 하라고, 치즈는 냉장고 어디에 있다고 조용히 말했다. 내심 신경은 쓰였겠지만 그래도 식탁의 이런저런 사소한 대화를 이어갔다. 남편 흉 하나 보지 않고.

다음날, 아침 식사를 하면서도 딸과 엄마는 이런저런 이야기를 계속했다. 작은 목소리로.

명랑하고 깔끔한 그 딸은 정갈한 엄마를 닮았다. 페르난도 페소아의 『시는 내가 홀로 있는 방식』을 고른 딸은 엄마에겐 내 시집 『내 몸에 길 하나 생긴 후』를 선물로 드린다고 골랐다.

시집을 읽고, 엄마에게 시집을 선물하는 딸.

날이 흐리다 비가 조금씩 흩뿌렸다. 그들을 배웅하고 돌아서는데 눈앞이 뿌옇해졌다. 돌아가신 친정 엄마 생각이 났기 때문이다.


"제가 며느리예요."

시어머니와 시이모님, 거기에 시누이까지 함께였다. 익숙하지 않은 조합. 86세인 시어머니를 모시고 여행하는 것도 쉽지 않은데, 시누이와 시이모라니. 먼저 우리 집에 왔던 사람은 시이모. 그분은 조카며느리에게 언제 한 번 생각을 담는집에 가서 묵고 싶다 했는데 추진력 좋은 조카며느리가 바로 예약을 한 것이었다.

저녁상을 차렸더니 모두 흐뭇해하셨다. 바비큐라서 혹시 이가 안 좋으면 어쩌나 걱정했는데 명이장아찌, 오가피장아찌 그리고 이런저런 밑반찬과 함께 맛있게 드셨다. 나이든 분께는 아침에 샌드위치 대신 밥을 해드린다고 했더니, 이참에 색다른 것도 좋다 하셔서 샌드위치를 해드렸는데 그것도 좋아하셨다.

책방이라는 것을 알고 아침 식사 후 모두 책 한 권씩 골랐다. 86세인 어머니가 고른 책은 캐나다에서 활동하는 요리연구가 정성숙의 『남자의 샐러드 여자의 샐러드』였다. 내가 가서 해먹으려고 그런다는 어머니를 향해 며느리와 아들과 딸이 다 같이 놀렸다.

"에이, 엄마 그거 집에 가서 안 보셔."

그래도 어머니는 그 책을 갖고 갔다. 멋쟁이 이모님은 허수경의 산문집 『그대는 할 말을 어디에 두고 왔는가』를 들었다. 젊어서부터 교회 일을 열심히 했던 그분은 교회 밖의 이야기들이 시금에아 눈에 들어왔다고 했다. 시를 갈 모르고, 시인 허수경도 잘 몰라서 책방 주인인 나와 이야기를 나눌 수 없어서 안타깝다고 했지만 어느새 우린 이런저런 이야기를 나누고 있었다.

그분을 보면서 생각했다. 저렇게 나이들어가면 좋겠다. 나이들어서 이런 공간을 찾아다닐 수 있는 마음이 얼마나 젊은가.

86세인 엄마와 74세인 이모와 50대인 아들, 며느리, 딸들은 문학평론가 황현산과 신형철, 영화 〈보헤미안 랩소디〉를 이야기했다. 아, 정말 부러웠다.

## 8. 멋지게 나이드는 선배들

처음 일을 시작할 때 누구에게 배우느냐에 따라 일의 모양새가 달라진다. 처음 내게 일을 가르쳐준 선배는 매월 마감이 끝나면 기사를 쓰기 위해 모았던 자료들을 서류 봉투에 각각 넣고, 맨 위에 기사 제목을 써서 보관했다. 지금처럼 인터넷 시대가 아니었기 때문에 대부분의 자료는 신문 스크랩과 복사물, 책 들이었다. 나는 지금도 자료를 정리할 때 서류 봉투에 넣고, 맨 위에 제목을 쓴다.

어떤 게 기사가 될까를 가르쳤던 선배들. 같이 앉아 이야기를 들어도 누구는 그것을 기사로 만들고, 누구는 그걸 흘려듣는다. 좋은 선배들을 만나 일을 잘 배우고 재미있게 할 수 있었던 것은 큰 복이었다. 무엇이 좋은 기사이고, 어떤 글이 좋은 글인지를 알려줬던 선배들.

그런 선배 둘이 머물다 갔다. 젊은 시절 일할 때는 하늘 같았던 선배들. 한 사람은 국장이었고, 한 사람은 부장으로 내 입장에서는 '모시고' 일했던 사람들이었고, 여성이지만 남성 못지않게 굵직하게 일했던 사람들이다.

젊은 시절을 치열하게 살아온 이들답게 은퇴 후의 삶도 남다르다. 60이 넘은 나이에도 책 읽기는 끊이지 않고, 웬만한 예술 영화와 콘서트, 전시회 등은 다 다니고 있다. 지금처럼 해외여행이 일반화되기 전인 30여 년 전부터 혼자 여행을 떠나고, 한 곳에 오래 머무는 여행을 했으며 지금도 그런 생활은 변함이 없다.

그러면서 한 사람은 대학원에서 심리학을 공부했고, 한 사람은 그림으로 전시회까지 하고 있다. 그러다 보니 우리끼리 만났을 때는 책, 영화, 음악, 여행 등의 이야기가 좌충우돌 끊임없이 이어졌다. 우리들의 '알쓸신잡'인 셈이다.

"내가 라오스 산동네에 와 있는 줄 알았네."

아침에 일어나 한 선배가 말했다. 닭 울음소리와 아침 숲 내음에 그런 말을 한 것이다. 내가 아침 식사를 준비하는 동안 선배들은 마당을 한 바퀴 돌고, 오래된 느티나무가 즐비한 길을 따라 마을을 한 바퀴 돌고 와서 말했다.

"어쩌면 이렇게 동네가 따듯하니?"

샌드위치와 커피, 토마토바질볶음으로 아침 식사를 하면서 우리는 어제에 이어 또 수다 삼매경에 빠졌다. 그러는 사이 문자가 왔다.

'나 오늘 너희 집에 갈까 하는데 주소 좀 찍어라.'

우리에게 한때는 부장이었고, 국장이었고, 경쟁 매체 대표이기도 했던 남성 선배였다(사실 선배라고 하기에 참 뭐하지만, 업계를 떠나 다시 밖에서 만날 때는 대부분 선배로 통일해서 부른다). 이 선배 역시 곧 70이 가까운 나이임에도 불구하고 여전히 생각도 젊고, 스타일도 젊다. 혼자 여행을 하고, 혼자 음악회를 즐긴다.

서울에서 아침나절 달려온 남성 선배와 하룻밤 묵은 여성 선배들은 다시 여행 이야기를 하다, 음악 이야기를 하다 아이들 결혼시킨 이야기, 손주 이야기, 살고 있는 아파트 이야기 등으로 말을 이어나갔다. 나는 물론, 초상집에서 마주치지 않으면 함께할 일이 있을까 말까 한데 어쩌다 보니 함께하면서 마치 전날 밤 늦게까지 야근을 하고 나음날 느

굿한 마음으로 수다에 빠진 듯했다. 정말 사람의 인연이란 알 수 없다. 그 많은 날들 속에 하필이면 바로 그 순간, 갑자기 이곳에 오고 싶어서 휙 달려오다니.

'새들이 떠나간 숲은 적막하다'라고 법정 스님은 말씀하셨다. 모두 떠나간 후 한참 햇살 아래 앉아 있었다. 바람이 불자 오래된 큰 나무들이 바람에 뒤척였다. 마치 파도 소리 같아 바다에 있는 듯했다. 적막 가운데 그 소리가 크게 울렸다. 큰 나무들만이 낼 수 있는 소리들. 이곳의 시간들이 이렇게 흘러간다.

## 9. 책을 떠나보내는 일

구석진 곳에 두고 가끔 물을 줬던 산세베리아가 꽃을 피웠다. 꽃 핀 후에야 조금 밖으로 내놓고 자주 눈에 보이게 했다. 20여 년 전 한 돌잔치에 갔다 받아온 산세베리아. 여기저기 분양도 여러 번 했는데 이곳에 이사 온 후에는 어쩌다 보니 한쪽 구석진 곳에 놓이게 됐다. 꽃을 피운 후에야 여러 사람 보라고 나와 있는 모습이라니.

산세베리아꽃 향내는 진하다. 매우 고혹적이다. 번잡스런 낮에는 향내를 못 느끼다가 한밤 가만 앉아 있다 보면 은은한 향내가 가득 감싸고 도는 것을 느낀다.

어젯밤에는 갑작스럽게 중학교 1학년짜리 아들을 데리고 한 가족이 묵었다. 처음엔 하룻밤 묵는 동생네를 보러 왔다 빈 방이 있는 걸 보고 함께 묵은 것이다.

아침 7시 반, 출근 때문에 일찍 식사를 하는 남편 옆에 있던 부인이 갑자기 책꽂이에 꽂힌 중고 책도 판매하느냐고 물었다. 네, 했더니만 『레미제라블』 전 5권을 남편 차에 실었다. 중고 책도 판매를 하긴 하지만 뭐라 할 새도 없이 휙 나가버린 책을 보니 보통 섭섭한 게 아니었다. 남편을 보내고 아이가 내려올 때까지 천천히 책을 보던 그녀는 책장에서 몇 권을 더 골랐다.

니코스 카잔차키스의 『그리스인 조르바』, 강정혜의 『정의의 여신 광장으로 나오다』, 이광연의 『피타고라스가 보여주는 조화로운 세계』, 정유정의 『28』 그리고 이희재의 『저 하늘에도 슬픔이』, 윤승운의 『맹꽁이서당』, 『대망』 전집 등. 특히 『맹꽁이서당』과 『저 하늘에도 슬픔이』, 『대망』 등은 옛날 읽었던 책들이라 다시 읽고 싶다고 했다.

그러나 『맹꽁이서당』 흑백은 더 이상 나오지 않고, 이희재의 만화로 그려진 『저 하늘에도 슬픔이』는 찾아보니 판권이 다른 출판사에 가 있어 표지도 바뀌어 있었다. 윤승운 선생과 이희재 선생 생각도 나고 해서 이러저러한 이유로 팔 수 없었다.

『정의의 여신 광장으로 나오다』는 어린 시절 친구였던 강정혜 서울시립대 법학전문대학원 교수가 아주 쉽게 풀어쓴 법에 관한 책인 데다 지금은 절판돼 그냥 두고 싶었지만, 함께 왔던 중학교 1학년짜리 아들이 법에 관해 관심이 많아 읽고 싶다 해서 부득이 판매를 했다. 특히 『그리스인 조르바』는 옛날에 읽었던 책이 없어져 몇 년 전 글을 쓰기 위해 다시 구입한 것이었다. 책을 후룩 훑어보니 '나는 하느님이 나 비슷하다고 생각해요. 좀 더 크고, 힘이 세고, 나보다는 돌아도 좀 더 돌았겠지만 ……'이란 부분에 밑줄이 그어 있었다.

한 번은 책꽂이에 있던 피터 왓슨이 쓰고 남경태가 번역한 『생각의 역사』를 오랫동안 보던 남자가 싸게 팔 수 있느냐고 물어 차마 팔 수 없다고 말한 적도 있다. 그들에겐 그냥 중고책이지만 내게는 다 소중한, 손때 묻혀 가며 읽은 책들이기 때문이다.

책방 문을 연 초기, 한 사람이 오래 책장 앞에서 이 책 저 책 보너니 10여 권을 한꺼빈에 꺼내와 계신해 달리고 했다. 알베르토 망겔의 『보르헤스에게 가는 길』과 김훈, 신현림, 신영복 등의 책이었다. 다른 건 기억이 나지 않는데 『보르헤스에게 가는 길』은 이미 절판된 책이고 나름 아끼는 책이었다. 그래서 팔 수 없다고, 죄송하다고 했다. 때마침 와 있던 선배가 그런 내 모습을 보고 한마디했다.

"언제 다시 보겠어. 다른 사람이 보게 하는 게 책을 위해서도 좋은 거지."

욕심을 부렸던 내가 순간 부끄러워졌다. 더욱이 그 책을 보고 싶어 하는 사람이 있는데. 그래서 그냥 다 들려보냈다.

그동안 살면서 많은 책을 떠나보냈다. 책은 자꾸 늘어나기 때문에 어느 날 갑자기 정리한답시고 한꺼번에 버리는 경우가 대부분이다. 지금도 가끔 아쉬운 것은 『화산도』, 『장길산』, 『객주』, 『태백산맥』, 『혼불』, 『아리랑』, 『변경』, 『토지』, 『임꺽정』, 『지리산』 등 대하소설을 모두 버렸다는 것이다. 물론 책을 다시 읽는 경우는 일부를 제외하고 그리 많지 않지만 그럼에도 손때 묻은 책들을 떠나보내는 것이 쉽지 않은 것을 보면 아직 욕심이 많다.

신간 읽기도 벅차고 언제 옛날 책을 읽을까 싶어 떠나보내고 나면 그 책들이 그립다. 좋은 책은 바라만 봐도 좋은데. 그러다 문득 어느 한쪽 펼치면 책을 읽었던 순간들이 떠오르는데. 가고 나니 아쉬운 마음이 크다. 떠난 후 비로소 보이는 마음이다.

# 10. 시골 책방의
## 베스트셀러

나는 독서가는 아니다. 책을 꾸준히 읽을 뿐이다. 젊은 시절에는 소설과 시 등 문학 위주로 읽었는데 점차 인문학 등으로 그 범위가 조금 넓혀졌다. 여성지에서 일할 때 내가 시집을 읽고, 미셀 푸코(프랑스의 철학자, 1926~1984)를 읽을 때 한 후배가 말했다.

"이런 책을 읽으면서 어떻게 여성지를 해?"

일하는 나의 어중간함이 그 말에 그대로 묻어나 있었다. 내가 대학을 간 것은 글 쓰며 사는 삶을 살고 싶었기 때문이다. 밥벌이를 하다 남보다 늦게 대학을 간 것도 그런 이유였다.

일을 하면서도 사실 나는 엉거주춤한 상태였다. 언젠가는, 이라고 생각하면서 문학의 끈을 놓지 못한 채 살았다. 그런데 문제는 신선놀음에 도끼자루 썩는 줄 모른다고 신선놀음까지는 아니지만 일하는 맛에 그만 푹 빠져 지낸 것이다. 사람을 만나 그들의 이야기를 듣고 글을 쓴다는 것은 너무나 매력적이었다. 나에게는 최고의 직업이었다.

그래도 책 읽기의 끈을 놓지 않았다. 한 달에 한 번이라도 대형 서점을 나가야 했고, 읽지 않는 책이라도 한 보따리 사와야 마음이 놓였다. 연차가 많아져 편집장으로, 그러다 임프린트 대표로 일을 하면서도 마찬가지였다.

관리직으로 일하는 것은 생각보다 쉽지 않아 어느 날 버티다 그만두고 나서 한 일 중 하나는 책 소개였다. 라디오 방송에 나가 책을 이야기하고, 신문에 책 이야기를 쓰게 된 것이다. 전혀 뜻밖의 일이었지만, 자연스럽게 할 수 있었던 것은 책과의 끈을 놓지 않았기에 가능했다.

얼마 전 사회적기업 행복한아침독서에서 발행하는 〈동네책방동네도서관〉에서 동네 책방 주인들에게 각자의 책방에서 가장 많이 팔린 책이 무엇인지 묻는 설문 조사가 있었는데, 내가 꼽은 것은 『가재가 노래하는 곳(델리아 오언스 지음, 김선형 역, 살림출판사 펴냄)』과 『아이들의 계급 투쟁(브레디 미카코 지음, 노수경 역, 사계절 펴냄)』이었다. 『가재가 노래하는 곳』은 최근 몇 년 새 읽은 최고의 책으로 꼽는 데 주저하지 않는다. 전개와 문장, 구성, 묘사 등 모든 면에서 빼어난 작품이다.

이 책을 권할 때면 지금도 내 눈은 어느새 미처 가보지 못한 미국 동부의 습지를 향하고, 내 가슴은 어린 카야가 혼자 습지에서 성장하는 모습에 뜨거워진다. 날것 그대로 내동댕이쳐져 그 모든 것의 밑바닥이었던 한 아이의 외로움이 온몸으로 밀려든다. 주변의 시선은 아랑곳하지 않고 자기만의 숨을 쉬고, 자기만의 세계를 만들어가는 카야의 모습은 여성을 넘어 한 인간의 완성이다. 거기에 요란스럽지 않으면서 평생 카야를 지키는 헌신적인 남성 테이트의 모습이라니!

『가재가 노래하는 곳』은 작가들도 꽤 좋아하는 작품이다. 우리 책방에 온 작가들에게 이 책을 꽤 많이 권했는데, 많은 이들이 이미 이 책을 알고 있어 책을 집어 드는 데 주저함이 없었다. 한 작가는 이 책을 다 읽고 전화를 걸어와 이렇게 말했다.

"선배는 책을 다 덮고 눈을 감았다고 했죠? 난 중간중간에 눈을 감을 수밖에 없었어요."

나는 이 책을 손에 들고 한순간에 다 읽어내려 갔었다. 손을 놓을 수 없었다. 소설 읽는 재미가 보통이 아니기 때문이다. 그리고 책을 다 읽고는 눈을 감고 한참 동안 주인공 카야가 살았던 습지를 떠올렸다. 한 번도 가보지 못한 곳이지만 소설 속에서 보여준 뛰어난 묘사는 그곳이 어떤 곳인지 선연하게 떠오르게 했다.

또 어떤 작가는 이렇게 말했다.

"원래 소설가도 아닌데 이렇게 소설을 잘 쓰다니. 이런 소설 한 편 쓰면 더 이상 쓸 필요가 없겠어요."

작가 델리아 오언스는 동물학을 전공했으며 동물행동학으로 박사학위를 받았다. 아프리카에서 관찰한 야생동물 기록을 논픽션으로 펴내 베스트셀러가 되기도 했다. 논픽션을 잘 쓴다고 픽션을 잘 쓰는 것은 아니다. 델리아 오언스의 전공과 논픽션의 경험은 일반 소설가가 취재해서 쓰는 것과는 다른 섬세함과 깊이를 주는데 그것 역시 이 책의 큰 덕목이다.

지미디 디른 목소리를 갖고 살아간다. 개인의 취향에 천

착하는 작가도 있고, 사회 부조리에, 자연에, 미스터리에 집중하며 모두 다양한 작품 세계를 그려낸다. 델리아 오언스가 단 한 편의 소설로 그린 작품 세계는 이런 것들이 골고루 들어 있다. 그러니 놀라운 소설일 수밖에.

『아이들의 계급 투쟁』은 영국 최하위층의 아이들에 대한 보고서다. 내가 알던 선진국이자 여행지로서의 근사한 영국이 아닌, 낯설기만 한 책 속 영국을 읽으면서 오늘의 영국 사회라는 게 믿기지 않았다.

저자 브레디 미카코는 탁아소에서 일했던 일본인 보육사다. 이 책은 그녀가 일했던 긴축 탁아소 시설(2015. 3 ~2016. 10)과 저변 탁아소 시설(2008. 9 ~ 2010. 10)로 나뉜다. 긴축 탁아소 시설은 영국이 긴축 재정 정책을 편 이후 만들어진 것이다. 탁아소는 교육 기관이 아니다. 그녀가 일한 곳은 '저변' 즉, 최악의 1% 사람들의 아이들을 돌봐주는 탁아소였다. 저자는 그곳에서 그렇게 맡겨진 아이들, 그렇게 아이를 맡기고 나간 어른들을 본다. 그리고 그들이 어떻게 이른바 중산층으로부터 배척당하는지, 특히 긴축재정 이후 빈곤층이 어떻게 더욱 빈곤해지는지, 빈곤이 아이를 어떻게 만드는지 경험한 것들을 풀어놓는다. 특히 긴축재정 이후 저변 탁아소가 사라지고 그 자리에 들어선 푸드 뱅크를 통해 인간의 존엄성이 얼마나 땅에 떨어지는지도 보여준다.

책 속에 이런 구절이 있다.

부모의 계급이나 피부색, 취미나 취향에 따라(어떤 음악을 좋아하는가 등등) 초대받는 아이들이 달라진다는 것이다. 사회적으로 존중받는 중산층 가정의 아이들이 여는 파티에는 주로 백인이면서 좀 사는 집 아이들이 초대된다. 같은 중산층이라 해도 예술가나 작가, 코에 피어스를 한 변호사 집 아이의 파티에는 외국인과 빈민 아이들도 제법 불러주는 편이다. 노동자 계급의 부모는 아이들을 많이 부를 수 없으니 근처에 사는 같은 계급 아이들만 부른다. 여기서 또 두 그룹으로 나뉘는데 성(聖) 조지 깃발을 1년 내내 걸어놓는 집에는 역시나 영국인 아이들만 모이고, 젊은 시절 어떻게 하다 보니 묘한 음악이라도 들었는지 길을 잘못 들어선 듯한 리버럴한 빈민 가정에서는 외국인 아이들도 초대한다. 아직 부모의 영향

력이 크기 때문에 부모가 손님을 고르는 것이다. (중략) 학교에서는 모두가 평등하다는 이념을 배우지만 집에만 들어오면 모든 게 달라진다.

작가가 만난 것은 영국에서 살아가는 영국인을 비롯한 외국인도 포함한 이야기다. 우리가 사는 이곳에서도 이런 '생일잔치'가 벌어진다. 빈부 차이는 물론, 공부와 성격 등으로 아이를 가려서 초대하고, 부모를 초대하는 것이다. 유치원이나 초등학교뿐만 아니라, 심지어 고등학교 때까지도!

저자는 자신이 일한 저변탁아소와 긴축탁아소가 '땅바닥과 정치학을 이어주는 장소'라고 말한다. 그리고 '그런 장소가 특정한 곳에만 있는 것이 아니라, 온 천지에 발에 채일 정도로 많이 굴러다니고 있다는 걸 지금의 나는 알고 있다'라고 말한다. 그리고 '땅바닥에는 정치가 굴러다니고 있다'라고 책을 맺는다.

이 책을 읽는 내내 불편했음에도 이 책을 추천 목록에 넣고, 독서 토론 목록에 넣었다. 올라가기 힘든 사다리. 어쩌다 한두 계단 올라갔어도 곧바로 미끄럼이라도 타듯 내려오고야 마는 계급 사다리를 바꿀 수 있는 것은 '굴러다니는' 정치이고, 그 정치를 바꿀 수 있는 것은 결국 보통 사람인 우리들이기 때문이다.

문득 나라의 긴축이 아닌, 기업을 생각해봤다. 회사는 어렵다고 긴축을 한다. 그 첫 번째가 감원. 그리고 임금 삭감. 일자리를 잃고 임금이 줄어드는 것은 종업원이지 오너가 아니다. 오너는 거금을 주고 컨설팅을 받고, 회사의 주가를 올린다. 어제까지 평범한 중산층이었던 종업원이 더 낮은 아래로 내려가는 것은 시간 문제다. 최선을 다해 일을 하고, 그럼으로써 사다리를 타고 올라갈 수 있다고 생각하지만, 한 번 떨어지면 좀처럼 올라갈 수 없다. 조금 올라갔다고 해서 만족할 수도 없다. 부속품은 일정 기간 지나면 교체되기 때문이다.

대형 서점에 가면 우리는 눈에 보이는 것을 집어 든다. 진열대에 잔뜩 쌓인 책들과 이곳저곳에 놓인 똑같은 책들 앞에 자연스레 눈이 가고 그 책들을 집어든다. 온라인 서점에서도 끊임없이 팝업으로 뜨는 책을 우리는 클릭한다. 그러나 독서 리스트는 각자 만들어야 한다. 그래야 나만의 길이 만들어진다.

많은 책 중에 어떤 책을 고를까 망설인다면 동네 책방을 가는 것도 좋은 방법이다. 동네 책방은 저마다 다른 색깔을 갖고 있다. 주인의 성향에 따라 인문, 과학, 만화, 문학, 사회, 여행, 경제, 역사, 독립출판 등 다양한 모습으로 책을 갖춰놓고 있다. 나와 독서 취향이 비슷한 주인을 만난다면 그야말로 최고다. 이미 주인이 골라 놓은 책들 중에서 내 취향에 맞춰 고르면 되므로.

언젠가 우리 책방에서 책을 많이 사는 엄마를 보고 늘 따라오는 아이가 말했다.

"엄마는 왜 여기만 오면 책을 많이 사?"

그러자 엄마가 말했다.

"엄마가 보고 싶은 책이 다 여기 있으니까."

우리 책방에 있는 신간은 1천여 권도 되지 않는다. 그래도 책을 사는 사람은 한꺼번에 서너 권 구입한다. 지금까지 우리 책방에서 한 번에 가장 많이 책을 구입한 사람은 12권을 사간 사람이다. 그렇게 책을 사가는 사람은 말했다.

"한동안 책 보면서 행복할 것 같아요."

책이 주는 즐거움 중 하나는 이렇게 책을 골라 '쌓아' 놓고 보는 있을 때가 아닐까.

4장

# 1. 시인 조은과 함께
## 시를 읽고 좋았던 날

"어딘지도 모르겠어. 차가 많이 막히네."

도착 시간이 지났는데도 연락이 없어서 혹시나 하고 전화를 했더니 조은 시인이 말했다. 서울 남부터미널에서 직행버스를 타면 좌전까지 오는 데 45분 남짓. 그런데 출발한 지 한 시간이 넘도록 연락이 없어 전화했더니 영동고속도로에 갇혀 있었던 것이다.

"양지에서 전화하세요. 바로 나갈게요. 천천히 오세요."

9시가 조금 넘은 시각이었다. 잠시 후 조은 시 강연을 예약했던 사람들이 줄줄이 못 오겠나는 선화와 문자가 왔다.

"차가 언덕을 못 내려가요."

"길이 막혔는데 다른 길은 없는지요."

"도저히 차를 갖고 못 가겠어요."

심지어 교통경찰이 차를 통제하는 곳까지 있다고 했다.

'음, 괜찮아. 이건 천재지변이니까.'

안타깝지만 사람들이 많이 오지 않아도 함께하는 몇 사람과 맛있는 밥을 먹어야지 생각했다. 남편은 아침 일찍 숯불을 피워 훈제 바비큐를 하고 있던 참이었다. 사람들이 못 온다는 연락을 해도 쏟아지는 눈발을 보면서 나는 이리 뛰어가서 보고, 저리 뛰어가서 보고 흥분한 마음을 가라앉힐 수 없었다. 황홀했다.

문제는 조은 시인이었다. 좌전에 하차하려면 언덕길을 내려와야 하는데 버스기사가 위험해 좌전으로 들어오지 않고 백암 방향 큰길에 차를 세우겠다고 했단다. 조은 시인을 데리러 간 남편은 정류장까지 가는 그 짧은 길에서 차들이 엉켜 오도 가도 못하고 있다고 했다.

간신히 차를 돌려 길을 빙 돌아 다른 길로 갔던 남편은 그곳에서도 차가 막혀서 못 움직인다고 했다. 그새 버스기사는 지방도로 한복판에 조은 시인을 내려놓고 떠났다고 했다. 그 길에 그냥 서 있느니 차라리 걷는 게 낫겠다 싶었다.

"내린 곳에서 뒤돌아서 한참 걸어오면 까사미아 물류창고가 크게 보이니까 거기까지 일단 걸어보셔요. 그러다 보면 남편을 만날 수 있을 거예요."

아, 쏟아지는 눈발 속을 걷는 일이라니. 더욱이 인적 없는 시골 들판 길을 ……. 남편은 엉킨 길을 뚫고 가다 다시 차를 돌려 조은 시인이 걷고 있을 길을 향해 가고 있다고 전화로 말했다.

그 사이 한 사람이 왔다. 사전 예약을 하지 않은 사람이었다. 눈길을 뚫고 온 게 고마워 눈물이 날 뻔했다.

두 사람이 만났나, 걱정스러웠지만 눈길을 운전하고 있을 남편과 눈 속을 걸을 조은 시인을 생각하면 먼저 전화할 처지가 아니었다. 얼마가 지났을까. 마침내 조은 시인이 지친 얼굴로 들어왔다. 그리고 강연 예약을 한 사람이 왔다. 와우정사가 있는 산길로 오려다 못 올라가 다시 용인시내로 나갔다 양지로 돌아서 왔으니 얼마나 먼 길을 돌아서 왔는지. 그런데도 돌아가지 않고 시인 조은을 만나기 위해 왔다고 했다.

조은 시인은 백석, 김종삼, 마종기, 오규원, 김기택, 장석남 등의 시를 갖고 이야기를 했다. '종달리에 핀 수국이 살이 찌면/그리고 밤이 오면 수국 한 알을 따서/착즙기에 넣고 즙을 짜서 마실 거예요/수국의 즙 같은 말투를 가지고 싶거든요/그러기 위해서 매일 수국을 감시합니다' 2018년 한국일보 신춘문예로 등단, 가장 핫한 이원하 시인도 읽었다.

어떤 부분이 시가 되는지 그 지점을 발견하는 일이 사실 쉽지 않다. 그러나 그 발견이 곧 시 읽는 즐거움이다. 시 강의가 끝나면 다 같이 밥을 먹자고 해야지. 좋은 강의를 들으면서 기분이 좋았다. 바깥은 눈 속.

그런데 손님이 오고, 또 손님이 왔다. 눈 속을 뚫고! 황홀함은 쏟아지는 눈만이 아니었다.

## 2. 라일락 전세를
### 꿈꾸는 시인 박지웅

"제가 좀 늦었습니다. 시간은 금인데 말이죠. 시간은 금, 은유죠. 우리는 알게 모르게 일상에서 은유를 많이 씁니다."

낮은 목소리로 그가 말을 시작했다. 그가 사는 곳에서 이곳까지 오는 데 생각보다 오래 걸렸고, 그러다 보니 그는 조금 늦었다. 그 늦음부터 은유로 이야기하고, 시를 이야기했다.

시인 박지웅. 그는 어떻게 시인이 되었을까. 그에게 시는 어떻게 태어났을까.

사실 시에서는 그것을 알 수 없다. 시인을 만나도 그런 이야기를 구구절절 이야기하는 것이 아니므로 알 수 없다. '시가 태어나는 자리, 시가 자라는 자리'에서만 들을 수 있는 이야기.

그가 태어나고 살던 부산의 이야기부터 서울에 올라와 '보트피플'처럼 떠돌며 살았던 이야기가 이어졌다. 그것들이 그의 시에서 어떻게 표현되었는지도 이야기했다.

다락방에서 그가 자기 키 만큼 썼다는 시. 그 시들은 지금 다 사라졌단다. 그 감수성 예민한 시절에 썼던 것들이 혹시 지금 남았다면. 어떤 것은 더 큰 시로 자랐을 텐데.

함께 시를 읽고, 함께 시를 생각하는 시간. 그에게 라일락 나무는 어린 시절부터 애인이었다. 그의 시 <라일락 전세>를 오래 이야기했다. 그의 유년과 청년기 한 시절이 라일락 나무에 깊게 들어가 있었다.

시를 읽을 때 백건우 선생이 연주하는 쇼팽의 녹턴을 틀었다. 순간 가슴이 뭉클했다. 처음 읽는 시도 아닌데.

"라일락 월세도 있는데 왜 꼭 전세라고 하셨어요?"

누군가 이런 질문을 했다.

"제 꿈이 전세로 살아보는 거였어요."

시인에게 가난은, 결핍은 자산이다.

강연이 끝난 후 함께 식사를 하고 다시 이야기를 이어나가다 다들 밖으로 나갔을 때는 밤하늘에 달과 별이 빛났다. 아름답고 또 아름다운 밤.

강연을 듣고 하룻밤 묵은 친구가 다음날 아침에 말했다.

"너무 좋았다고 했더니 남편이 이야기를 해달라고 했어요. 그렇지만 뭘 이야기해야 좋을지, 아니 왠지 말하면 안 될 것 같았어요. 그냥 시는 느껴야 하는 거니까."

그렇게 시를 느끼고 만나는 일. 그게 무슨 별일일까 싶을 때도 있지만, 그런 별일 때문에 사는 날이 따듯한 것이다.

# 3. 따스한 전사들의 방문

책을 읽고 감동이 가시지 않아 꾹 참다 안 되겠기에 밤 늦게 문자를 보냈다. 강연 요청 문자였다. 일할 때 버릇이 남아서 사실 나는 느긋하지 못할 때가 많다. 뭔가 생각하면 곧바로 행동에 옮기는 편이다.

강연 요청 수락 메시지가 왔다. 그만 망연했다. '반딧불이 같은 동네 책방이라 갑니다.' 눈물이 핑 돌았다. 『당신이 옳다』의 따스한 전사 정혜신·이명수 선생 초대는 그렇게 시작됐다.

그런데 강연을 들으러 몇 사람이나 올까, 참가비는 얼마를 받아야 하나, 강연비는 어떻게 하면 좋을까. 날짜를

정해서 다시 연락을 해야 하는 상황에서 뒤늦게 고민이 시작됐다. 종일 메일을 썼다 지웠다. 책방을 시작한 지 불과 4개월밖에 되지 않았고, 그때까지 작가 강연을 몇 번 했으나 그리 많은 사람이 오기가 쉽지 않다는 걸 알았기 때문에 고민은 더 컸다.

우리는 그렇게 알려진 곳이 아니다, 시골 외진 곳에 있다, 사람들이 몇 명 안 올 수도 있다, 구구절절 쓰고 마지막에 덧붙였다. 참가비는 받겠지만 최소한 강사비는 얼마밖에 드릴 수 없으니 양해 부탁드린다. 그 메일을 쓰는 데 하루 종일 걸렸다. (나름 기준을 갖고 있다고 하는 지금도 여전히 힘든 일 중 하나다.) 다시 답이 왔다.

'혹시 강연료가 마음에 걸리신다면 그것으로 참석자들에게 먹거리를 주시면 좋겠습니다. 우리 둘이는 치유 현장에서도 치유밥상을 무척 중시해서요.'

가슴이 먹먹했다. 이런 따스함이라니. 행사를 공지하고 그들을 기다리는 내내 그 따스함은 지속됐다. 누가 올까 고민이 무색하게 공지를 하자마자 신청자들이 몰렸다. 참가비 1만원, 선착순 30명이었던 신청자는 금세 마감됐다. 인원을 40명, 50명으로 늘려 결국 60명으로 마감했다. 그러고도 몇 명이 무작정 오겠다고 했다.

그리고 마침내 강연 날, 그들은 당신들이 사는 동네 17년 단골 방앗간에서 유기농 쌀로 만든 가래떡 두 말을 해갖고 들어섰다. 우리는 바비큐와 귤을 준비했다. 턱없는 강사료에 떡을 해오는 강연자가 있는데, 우린 뭘 할까 생각하다 준비한 것이다. 그러나 이런 먹거리보다 우리를 더 감동시킨 것은 역시 강연이었다.

정혜신 박사는 강연 전에 사람들과 눈을 맞추며 물었다.

"여기 오시는 데 마음이 어떠셨어요?"

사람들의 마음을 들여다보는 시간. 질문을 받은 당사자는 물론, 강연을 들으러 온 사람 모두 내가 여기 올 때 어떤 마음이었지, 하고 생각했다. 그리고 본격적으로 강연이 시작됐을 때는 숨소리도 들리지 않았다. 이어진 질의응답 시간에 정혜신·이명수 두 사람은 온몸을 실어 집중해서 이야기를 듣고, 그들의 질문에 정확히 대답했다. 눈을 정확히 맞춘 대화. 그것으로 충분하다는 생각이 들었다. 누군가 내 눈을 똑바로 마주보고 내 이야기를 들어주는 것. 그런데 일대일 상담이 아닌, 대중 강연에서는 그게 쉬운 일이 아니다.

두 사람은 따뜻한 눈으로 사람들을 바라보며 더 이상 질문이 나오지 않을 때까지 질문을 받았다. 질문이 계속된다면 아마 이들은 밤을 새울 기세였다. 저마다 사연을 갖고 온 이들. 비록 질문을 하지는 않았지만 강연과 질문자들의 이야기를 들으면서 비로소 자기를 들여다본 사람들 …….

강연이 끝나고 마지막에 정혜신 박사는 다시 물었다.

"오늘 어떠셨어요?"

마음을 들여다보는 질문이었다. 마음이 어떤지, 마음을 들여다보라는 강연. 강연자 스스로 강연을 듣는 이들의 마음을 들여다보는 시간. 강연으로 마음의 허기를 채우고, 떡과 바비큐로 육체의 허기를 채운 시간.

"혜신아."

남편은 아내를 그렇게 불렀다. 그 부름이 얼마나 다정한지. 다정한 두 전사는 공권력에 상처를 입은 이들의 참전 터를 찾아다니면서 그렇게 서로를 완벽하게 충전한다고 했다. 늦은 밤길을 따라 그들이 떠나고도 그들이 전한 마음의 온기가 오래 머물렀다. 이렇게 산다는 것이, 이렇게 살 수 있다는 것이 꿈만 같았다.

# 4. 시가 별 게 아니네

아동문학가 박혜선과 동네 마을회관에 가서 어른들을 모시고 동시를 읽었다. 노인회장에게 이미 말을 해놓아 어른들 여럿이 모여 있었다. 모인 이유도 정확히 모르는 최고 연령 94세, 최저 연령 80세 할아버지 할머니 들을 보자 조금 난감했다. 소파에 엉덩이를 깊게 넣고 팔짱을 낀 할아버지들, 바닥에 앉아 이야기하느라 바쁜 할머니들. 동네 책방을 하는 누구라고 인사를 하자 어디에 책방이 있느냐, 책방이 장사가 되느냐, 무슨 이런 시골에서 책방을 하느냐, 근데 책방에서 왜 왔냐 등등 할아버지 할머니 들의 질문은 계속 이어졌다.

"어르신들, 오늘 모인 것은 우리가 시를 배우기 위한 거예요. 시!"

박혜선 작가는 글맛도 좋지만 입담이 좋은 작가다. 목소리도 크다. 그가 큰소리로 시를 읽고 시를 배울 것이라고 얘기하자 다들 웃었다.

"시라고? 시?"

시를 배우다니, 시를 읽다니, 무슨 우리가 시를 읽어, 내 김소월의 진달래는 알지, 그건 나도 안다. 할아버지 할머니들은 한바탕 와자지껄했다.

박혜선 작가는 준비해 온 다른 할머니 할아버지 들이 쓴 시를 읽었다. 그러자 한 할머니가 말했다.

"시가 별 게 아니네."

시가 뭐냐 하던 어르신들은 시 몇 편을 듣고는 생활 속 시가 얼마나 좋은 건지 금세 알았다.

빗소리를 떠올려 보라는 박혜선 작가의 말에 한 할아버지가 말했다.

"후두두둑 비가 오니/가을에 풍년 오겠네."

옆에 있던 할아버지가 말을 이었다.

"이종환 씨/고스톱만 잘 치는 줄 알았더니/시도 잘 쓰네."

163

즉석에서 시가 태어나는 순간들을 만끽하던 중 갑자기 주방이 시끄러웠다. 강연 후 다 같이 먹을 콩국수를 준비하고 있었는데 가스가 그만 뚝 떨어지고 만 것이다. 그러자 시를 읽던 할아버지 할머니 들은 일제히 일어나 가스가 떨어졌다, 빨리 전화해라, 회장은 대체 어딜 간 거야, 우리 점심 굶는 거 아니야, 이러니 짜장면을 시키자니까, 다들 한마디씩 거들었다.

한바탕 소란은 가스 배달원이 왔다 가고 가스불이 다시 켜지자 끝났다. 다시 시를 읽기 시작한 지 얼마 안돼 주방에서 일하던 할머니가 소리쳤다.

"콩국수 다 됐어!"

그러자 시 공부를 하던 할머니들은 일제히 주방으로 건너가 국수에 콩국을 말아 상을 차려냈다. 그러자 할아버지들, 시고 뭐고 냉장고에서 소주를 꺼내 서로 주거니 받거니 한잔씩 하시면서 어, 시원하네, 역시 솜씨가 좋아, 짜장면보다 이것이 백 배 낫지, 후루룩 후루룩.

박혜선 작가와 나 역시 할머니들 틈에 끼어 맛있는 콩국수를 먹느라 후루룩 후루룩 정신없었다. 할머니들을 도와 설거지까지 하고 보니 할아버지 일부는 화투를 치고, 일부는 어느새 텔레비전 앞에서 졸고 계셨다.

"어르신들, 저희 1주일 후에 다시 올게요. 그때는 꼭 시 한 편씩 쓰셔야 해요!"

1주일 후 박혜선 작가와 함께 다시 마을회관을 찾았다. 이미 한 번 강연도 들었겠다, 콩국수도 같이 먹었겠다, 어르신들과 우리는 첫 날의 어색함이 없어졌다. 그래도 오늘은 시를 쓰는 날이라 했더니 다들 시는 무슨, 하면서 뒤로 빼셨다.

그런데 갑자기 창밖이 어두워졌다. 커다란 관광버스가 떡하니 창문을 가리고 선 것이다. 할아버지 할머니 들은 너나 할 것 없이 다들 일어나 관광버스가 왜 여기 섰는지 서로 이유를 말하기 시작했다. 그중 몇 할아버지가 참지 못하고 밖으로 나가 운전기사를 보고 무슨 일로 회관 창문을 막으셨냐고 묻고 들어왔다.

"목장에 애들 체험학습 왔다네! 곧 차를 뺀다니 좀 기다리지 뭐."

또 한바탕 야단법석. 다시 박혜선 작가가 이야기를 시작하려는 찰나, 한 할머니가 말했다.

"나는 관광차만 보면 환장해."

그러자 열혈 작가 박혜선이 할머니 앞에 무릎 꿇고 앉아 할머니 손을 딱 잡고 말했다.

"할머니, 그게 바로 시예요. 말씀하시면 제가 받아 적을게요."

그래서 시 한 편이 태어났다.


### 나는 관광차만 보면 환장한다

곽정례 님

나는 관광차만 보면
환장한다
차만 타고 가면
세상이 다 내 것 같다
차 안에서 춤추고 노래하는 거 말고
그냥 밖에 곡식 익는 거 보며 다니는 게 좋다
그렇게 늙어가는 것이 참 좋다


그러자 한 할아버지가 불쑥 말씀하셨다.

"난 시 쓰기가 숙제인 줄 알았지."

그리고는 당신이 써온 시를 읽었다.


오리

원유명 님

운동하러 저수지를 가다

의자에 앉아 쉬고 있는데

개구리가 튀어가 쫓아갔더니

오리가 날아가더라

그래, 보았더니 알이 일곱 개

그래서 그 알을 가져와

쌀독에 넣어 두었더니

새끼를 깠더라

오리 일곱 마리 꽥꽥꽥


"아이고, 할아버지. 원삼의 숨은 시인이셨네요."

박혜선은 할아버지 할머니 들의 마음에 든 시심을 꺼냈

다. 할아버지 할머니 들에게 시는 어쩌면 그 옛날 교과서에서 배운 게 전부인 경우도 있을 것이다. 그런데 당신들이 시를 쓰고 그걸 소리 내 읽을 때는 어떤 마음이었을까. 비록 나이는 들었지만 마음은 아이 때와 같지 않았을까.

며칠 후 박혜선과 나는 아무도 없는 마을회관에 들어가 어른들이 쓴 시를 프린트해 들꽃과 함께 마을회관 벽에 붙였다. 칠판에는 아마도 시 공부 덕분에 쓴 듯한 글이 쓰여 있었다.


사랑을 받는 여자보다

예쁜 여자는 없고

사랑을 하는 남자보다

행복한 남자는 없다


우리끼리 소리 내 읽으며 캬, 그래그래. 아마도 '관광차만 보면 환장한다'는 할머니와 할아버지 들은 다 같이 시를 보며 말씀하시겠지. 화투만 잘 치는 줄 알았더니 시들도 잘 쓰네, 하면서 말이야. 할아버지 할머니 들의 시를 읽으며 우리 마음이 더 환해졌다.

# 빗소리

이재홍 님

후두두둑
비가 오니
가뭄에 풍년이 오겠네
옆에서 이종환씨 듣고는
"고스톱만 잘 치는 줄 알았더니
시도 잘 쓰네" 한다


# 우리 동네 오(五) 공주

박용복 님

우리 노인정에는 오 공주가 있다
첫째는 스물여섯이고
막내는 스물두 살,
모두 60년 전 이 나이에 시집 와서
홀로 산다

성모 마리아 닮아서

착하고 고운 마음으로 산다


오 공주님

성당, 병원, 약국 가실 때

운전 재능 봉사를 한다

50년 운전 실력이

내 노후를 즐겁게 한다

오 공주 기도 덕분에

나까지 행복을 누리고 산다



# 동네 토백이 금연이

곽정례 님


원삼 토백이

십 년 전 이사 와서

처음 사귄 토백이

먼저 말을 걸어줘서

친구하자고 했네

"객지서 만난 친구는 10년까정 친구여."
그래도 꼬박꼬박 다섯 살 많은 나한테
언니, 언니라고 하네

*토박이를 토백이로 말씀하셔서 그대로 살림.

언니 기다리기

임금연 님

오늘 시 쓰는 날인데
노인회 같이 가기로 했는데
정례 언니한테
전화를 세 번이나 했네
앞에 밭에 풀 뽑느라
전화를 안 받네

그냥 혼자 가려다

언니 오는 길로 가보니

거기서 딱 만났네

혼자 사는 언니 집에

가보려는데

딱 만났네




## 경로당

김사윤 님


경로당에 바람 쐬고

노인네들 여럿 모여

뻥도 치고,

고스톱도 치고,

장기도 두고 ….


그러다 저녁 먹으러 간다

오토바이 타고 올라간다

# 5. 헤어지는 일

헤어지다, 라고 써 보니 참 낯설다. 컴퓨터 화면에 써진 글씨와 내 감정이 일순간 다른 느낌이다. 그동안 끝없이 헤어지고 살았다. 사는 것은 어차피 헤어지고 만나는 것의 연속이므로.

한국작가회의 지원사업으로 박혜선 작가와 함께 성인 동시 쓰기 교실을 매주 금요일마다 6개월간 진행했다. 대부분 처음 시를 쓰는 사람들이었다. 시간이 지날수록 이들은 낯선 시를 조금 익숙하게 여기고, 매주 시 한 편 이상씩을 썼나. 처음보다 시가 좋아진 깃은 두밀힐 나위 없다. 쵝방에서 가까운 곳에 사는 사람도 있고, 수지와 동백, 경기

광주 등에서 왔다. 주부도 있고, 직장인도 있었다. 시를 쓰고 싶어 출근을 미루고 오는 중년 남성도 있었다.

만 4개월을 하고 몇이 그만 뒀다. 그리고 새로운 사람이 다시 들어왔다. 사람들은 항상 같은 자리에 앉는다. 그래서 그만둔 이가 앉았던 자리를 보면 그 사람이 떠올랐다. 그 자리에 앉아 했던 말들, 그 자리에서 했던 행동들. 무슨 송별회 같은 걸 할 처지도 아니니 헤어지는 것도 단체 카톡방에서 하는 인사가 전부다. 고마웠다, 건강하시라 등의 안부 인사를 한 후 카톡방을 나가면 끝이다.

시를 곧잘 써서 한껏 기대했던 한 사람이 찾아와서 그만두겠다고 말하는 자리에서 이런저런 이야기를 나누는데 자꾸 눈이 젖어들었다. 그의 이야기를 듣는 것도, 그를 매주 보지 못한다는 것도, 그의 시를 보지 못한다는 것도 그냥 다 서운했다.

글쓰기 수업을 통해 가장 눈에 띄는 것은 넓어지는 지평이다. 처음에는 내 주변에서 소재를 찾지만, 이것을 어떻게 '나'에 머물지 않고 사회화할 것인가로 눈을 돌리기 시작한다. 수업 밀도는 대학이나 대학원 문예창작과 수업못지않게 깊이 있다. 매주 한 작품 이상씩 쓰고 그것을 합평하는 것이 쉽지 않은데 다들 열심히 했다. 그러다 보니 한 발 한 발 나아가는 것이 눈에 띄게 드러났다.

좋은 작품이 나오면 박혜선 작가와 함께 박수를 치고, 절로 입을 헤 벌린다. 가르치는 사람으로서 가장 기쁜 일은 발전되는 모습을 보는 것이므로. 그러나 분명한 것은 '깨진다'는 것이다. 좋다고 하지만, 더 좋게 하게 위해 선생과 우리는 말한다.

"이건 무슨 말이죠?"

"이 의미는 뭐죠?"

"이건 차라리 없는 게 나은 듯한데요."

합평의 자리는 그래서 부담스럽다. 좋다고 말할 때야 좋지만, 안 좋다고 말할 때는 쥐구멍이라도 들어가고 싶은 게 합평 수업이다. 이걸 해서 밥이 나오는 것도 아닌데 내가 왜 이걸 하고 있지, 얼굴이 후끈거리는 것을 애써 참아가며 앉아 있다.

그래도 사람들은 매주 시를 썼다. 그 안에는 쓰고 싶은 열망이 가득하기 때문이다. 그러면서 서로가 서로에게 기대하는 것은 점점 커졌다.

영화 〈완벽한 타인〉에서 평범한 아줌마로 나이들어가는

수현(염정아 분)의 유일한 자기 삶은 인터넷 소설을 쓰는 것이다.

"당신이 봤을 때 그게 천박하고 보잘것없는 것일지 몰라도 난 그 속에서 뜨거웠어. 살아있음을 느꼈어."

글쓰기뿐만 아니라 자기만의 무엇인가를 찾는 것. 그래야 살아가는 게 조금은 더 의미가 있지 않을까. 함께하는 것은 그래서 더 소중하다. 혼자 하면 내가 뭘, 하고 그만두게 되지만 함께하면 서로 힘이 되니까. 시가 뭔지 모른 채 시골 책방에 찾아온 사람들은 그렇게 조금씩 시에, 문학에 눈이 뜨이기 시작했다.

글을 쓴다는 것은 쉬운 일이 아니다. 시는 더욱 그렇다. 계속 좋은 시를 쓰기 위해서는 끊임없이 써야 한다. 그래야 쓰기에 힘이 붙고, 그중 한두 편 건져진다. 단계를 한 단씩 넘어서고 또 넘어서야 한다. 하긴 단계를 넘어서는 일이 어디 시 쓰기뿐일까.

꽤 유명한 한 중견 시인이 언젠가 지금껏 자기가 쓴 시가 수천 편은 될 것이라고 했다. 그가 지금껏 낸 시집이 너덧 권이니 얼마나 많은 시가 쓰고 버려졌는지 짐작할 수 있다.

젊은 시절의 스승이 생각났다. 시를 쓰지 않고 잡문을 써대는 나에게 어느 날 스승은 집으로 불러 당신이 쓴 시작법 책을 주셨다. 이제 잡문은 그만 쓰고 시를 쓰라고. 한창 일할 때라 스승의 말이 귀에 잘 들어오지 않았다. 스승의 안타까운 마음이 이제야 어떤 것인지 마음에 닿았다. 내가 가르치는 것도 아니고 나는 그저 장만 열어놓았을 뿐인데도 이런 마음이니, 내가 만일 가르치는 입장이었다면 어떨까.

함께 공부하던 이가 그만둘 때 안타까웠던 것은 시를 쓸 수 있을 것 같은 친구가 그만 멈춘다는 사실이었다. 헤어지면서 그 친구를 꼭 껴안고 한참을 있었다. 그리고 붉은 눈으로 그를 보냈다.

# 6. 책방이 있는 동네,
## 책방이 없는 동네

중학교 시절, 학교 앞에는 서점이 여럿 있었다. 유치원부터 대학교까지 있던 학교에 다녔기 때문에 학교 앞은 내가 살던 동네보다 화려했고 다양한 가게들이 많았다. 문방구, 화방, 선물가게, 빵집, 대형약국(대학병원도 있으므로), 옷가게, 신발가게, 분식점 등등 웬만한 것이 다 있었다.

방과 후 친구들과 큰 분식점에서 라면과 쫄면 같은 것을 사 먹고, 선물가게로 들어가 당시 유행했던 스누피 노트나 편지지 같은 것을 구경하곤 했던 기억이 난다. 크고 작은 서점도 몇 개 있었다.

학교 앞뿐만 아니라 내가 살던 동네 버스 정거장 바로

앞에도 서점이 있었다. 그 서점 바로 옆에는 레코드 가게도 있었다. 서점이 그렇게 이곳저곳에 있는 것은 당연했다.

나는 종종 그 서점에서 책을 사곤 했다. 레코드 가게에서 샀던 LP는 지금도 갖고 있다. 돌이켜 생각해보면 학생 시절이라 주머니 사정이 넉넉하지 못해 책을 많이 사지 못했다. 그래도 청소년 시절 서점이 많았던 곳에 살면서 당시 한창 나오던 삼중당문고도 사고, 베스트셀러라고 눈에 띄게 진열해놓은 것도 샀다. 특히 삼중당문고는 가격도 저렴하고 책가방 속에 넣고 다니기 좋아 꽤 많이 샀었다. 안병욱의 수필과 한수산, 김병총의 소설, 오스카 루이스의 『산체스네 아이들』을 만났던 기억이 난다.

『데미안』이나 『카라마조프가의 형제들』, 『이반 데니소비치의 하루』 같은 책도 동네 서점에서 샀다. 『카라마조프가의 형제들』은 세 권짜리였는데, 당시 책값이 1,999원이었다. 한 권을 사서 읽고, 또 한 권을 사서 읽었는데 어느 날 밤에 책을 다 읽어버렸다. 나는 엄마를 졸라 천 원짜리 두 장을 들고 버스 정거장 앞 서점으로 달려가 책을 샀다. 주인은 내가 책을 사들고 나오자 셔터 문을 내렸다.

종로서적을 처음 갔을 때의 충격은 컸다. 층별로 각 분

야의 책들이 그렇게 많다는 것이 놀라울 따름이었다. 그래도 그 모든 층을 다닐 수 있는 것은 아니었다. 갈 수 있고, 책을 볼 수 있는 층은 문학류가 전부였기 때문이다. 그러다 교보문고 시대가 열린 후에는 교보문고가 천국 같았다.

내가 그 '천국'으로 달려가는 동안 우리 동네 서점은 언제 사라졌는지 기억도 나지 않는다. 당연히 음반가게도 사라졌다. '천국'에는 책은 물론 음반도, 문구도, 너무나 좋은 새로운 것들이 넘쳐났기 때문에 우리 동네 작은 서점을 갈 일은 전혀 없게 된 것이다.

그렇게 사라진 서점들은 비단 우리 동네뿐 아니다. 동네마다 있던 서점들은 교보문고 같은 대형 서점에 밀려나고, 그 대형 서점들은 어느 순간부터 인터넷 서점과 이북에 밀려나고 있다. 뿐만 아니라 각종 볼거리에 밀려난다. 책이 세상에서 밀려나고 있는 것이다.

최근 생기는 '작은 책방'들은 그런 옛날 동네 서점과는 조금 다른 양상이다. 우리도 그렇지만 책만 판매하는 공간이 아닌 것이다. 사실 책이 그리 많지 않아 '서점'이라고 말하기에 민망한 경우도 적잖다.

작은 동네 책방이 책을 많이 갖다 놓지 못하는 이유는

공간의 협소함도 있지만 가장 큰 이유 중 하나는 대부분 책을 현매로 구입해야 하고, 팔리지 않는 책을 반품할 수 없기 때문이다. 대형 서점과 일반 서점들은 책 반품이 가능한데, 도매처에 미리 보증금을 입금하는 등 조금 다른 시스템으로 운영된다. 작은 책방은 그래서 일반 서점보다 초기에 들어가는 비용이 적다.

지금의 작은 책방들이 책을 중심으로 문화공간으로 자리 잡고 있는 것은 매우 좋은 현상이다. 그래서 서점이라는 단어보다 동네 문화사랑방 역할을 하는 책방이라는 단어가 더 친근하게 다가온다. 이런 작은 책방들이 최소한 마을마다 한 개씩 생긴다면. 동네 책방에 가서 책을 사고, 책을 매개로 사람들을 만나고, 독서토론을 하고, 작가 강연을 듣는다면. 그리고 그것이 문화가 된다면.

『섬에 있는 서점(개브리얼 제빈 지음, 엄일녀 역, 루페 펴냄)』 앞표지에 이런 문구가 있다.

"책방이 없는 동네는 동네라고 할 수 없지."

이 말은 문학박사 학위를 따기 위해 고군분투하던 젊은 남녀가 '문학적 삶을 살아가는 더 나은, 더 행복한 긴'을 찾다 서점 주인을 생각하고, 고향인 앨리스 섬에 책방이 하나도 없다는 이야기를 하면서 "책방 없는 동네는 동네라고 할 수 없지."라고 말하는 대목에서 나온다.

서점이 없어지는 것은 비단 우리나라만의 문제는 아니다. 『섬에 있는 서점』에서 주인공 에이제이는 사방에 보이던 대형 체인 서점마저 사라지는 것을 안타까워하며, '적어도 대형 서점은 약이나 목재가 아니라 책을 팔지 않는가!'라고 한탄한다.

대형 서점도, 일반 단행본과 함께 참고서를 팔며 동네를 지키고 있는 중소형 서점도, 우리와 같은 아주 작은 책방들도 '약이나 목재가 아닌 책을 판다!'

책은 사람에게 길을 만들어준다. 각각의 모양대로 각각의 터에서 살아갈 수 있는 풍토는 결국 함께 만들어내야 하는 것이다. 작은 책방을 중심으로 마을의 문화를 만들어내는 것도 함께 하는 일인 것이다.

# 7. 문화 공간으로서의
## 동네 책방

    요즘의 동네 책방은 단순히 책만 파는 공간이 아니다. 작가 강연과 북토크, 음악회, 그림 전시, 글쓰기 수업 등 다양한 문화 공간으로 태어나고 있다. 처음 책방과 카페 문을 열면서부터 문화 공간을 하고 싶은 욕심은 컸다. 그러나 과연 어떤 작가가 이 후미진 시골 마을까지 올 것인가, 작가가 온다고 해도 과연 사람들이 올까 하는 걱정이 컸다.

    쉽게 일을 저지르지 못하고 망설이고 있던 참에 경기콘텐츠진흥원의 '경기동네서점전' 공모에 응모, 참여하게 됐다. 이후 조금 용기를 내 주변의 작가들을 불렀다. 그러나 소설가와 시인을 불러 작가와의 만남을 해도 참가자 수는 열을 넘지 못했다. 강사비를 줄 형편이 되지 않았다.

마침 한국작가회의의 '작가와함께하는 작은서점지원사업'을 알게 됐다. 이 사업에 응모, 운 좋게 함께하게 되었을 때 강사비 걱정을 하지 않고 작가를 부를 수 있다는 점이 무엇보다 안심이 됐다. 아는 사람이라고 그냥 한 번 와서 강연을 할 수는 없는 일이기 때문이다.

한국작가회의 지원사업으로 그동안 생각을담는집에 왔던 작가들은 시인 조은, 박지웅, 문태준, 소설가 백민석, 아동문학가 박혜선, 정란희, 김선희, 이묘신, 정진아 등이 있다. 1회성 작가와의 만남을 한 경우도 있었고, 박혜선 작가는 상주작가로 7개월간 책방에 출근, 동시 창작 교실을 진행하기도 했다.

지원사업이 아닌 작가 초대도 많았다. 시인 조동범, 최정례, 이병률, 원재길, 김윤배, 소설가 임재희, 『당신이 옳다』의 작가 정혜신·이명수 부부, 또 『크로스사이언스』 홍성욱 교수, 『슬기로운 화학생활』 김병민 작가, 『물질 쫌 아는 10대』 장홍제 교수, 『저도 과학은 어렵습니만』 이정모 국립과천과학관 관장 등 과학 작가와 역사 작가 이광희, 『미래 공부』 박성원 작가, 『1천권 독서법』 전안나 작가, 『CEO 아빠의 부모수업』전 웅진씽크빅 김준희 대표 등등.

이곳까지 강연을 오는 것은 사실 쉬운 일이 아니다. 서울에서 가깝다고는 하지만 그래도 오고 가는 시간과 강연 시간을 생각하면 하루를 잡아야 한다. 강사료는 다른 곳에 비해 턱없다. 그런데도 좋은 강사들이 오는 이유는 딱 하나다. 시골의 동네 책방이기 때문이다.

도시에서는 맘만 먹으면 좋은 강연을 찾아다닐 수 있다. 그러나 이곳은 그렇지 못하다. 그 사정을 너무나 잘 아는 사람들이 찾아오는 것이다. "반딧불이 같은 서점이라 갑니다." 정혜신·이명수 선생이 온 이유다. "시골 서점이라 갑니다." 김병민 선생이 한 말이었다.

뿐만 아니라 클래식 콘서트도 진행하고 영화 및 뮤지컬, 오페라 등의 영상물 함께 보기 등 다양한 행사를 기획, 진행했다. 심지어 일일 캘리교실, 일일 요리교실까지 진행했다. 그리고 보니 어떤 달에는 13회의 크고 작은 강연과 콘서트가 이어지기도 했다.

행사장이 따로 있는 것이 아니므로 행사를 진행할 때마다 우리는 책상을 치우고 의자 놓으랴, 손님 맞으랴 분주하다. 콘서트를 진행할 때는 피아노를 끌어다놓고 커다란 테이블을 치우는데 그 노동의 강도도 만만찮다. 그래서 가끔 나이들어 힘이 없으면 이것도 못하겠구나 싶다.

정부의 몇몇 지원사업은 지역 문화를 살리는 일이다. 지원사업은 대부분 강사비를 지원한다. 강사비를 지원받으면 강사 초청에 부담이 덜하다. 신청비를 받아 강사비를 주는 것은 쉽지 않은 일이기 때문이다.

그러나 강사비를 지원받는다 해도 실질적으로 책방에 도움이 안 되는 경우가 많다. 무료 강연인 만큼 와서 강연만 듣고 그냥 가는 경우가 많기 때문이다. 그날 강연했던 작가의 책 한 권쯤 살 것이라는 기대는 하지 않는 게 오히려 마음이 편하다. 특히 카페를 겸하고 있는 경우, 음료 한 잔 정도는 구입할 것이라는 생각도 하지 않는 게 좋다.

처음에는 그런 일로 상처를 받기도 했다. 강연만 참석하는 경우도 있고, 가족 4명이 와서 코코아 한 잔을 시키는 경우도 있었다. 강연 신청자 인원만큼 책을 주문했다 딱 한 권을 판매한 경우도 있었다.

또 무료 강연인 경우 예약을 하고 오지 않는 경우도 많았다. 부모와 아이들 대상 강연인 경우 3, 4명의 가족이 예약을 하고 연락도 없이 오지 않았다. 심지어 전화를 해도 받지 않았다! 경험은 그래서 약이 된다. 이후 행사를 진행하면서 5천원이든 1만원이든 형편에 따라 참가비를 받는 이유다.

지원사업은 강사비뿐만 아니라 한국작가회의 지원사업처럼 장소 사용료나 기획료 같은 것이 함께 책정되어야 한다. 어떤 강사를 초대할지, 그 강사와 어떤 걸 진행할지 기획이 필요하고, 책방에서 행사를 하는 만큼 공간을 사용하기 때문이다.

나뿐만 아니라 작은 책방이 사는 일은 딱 한 가지다. 이곳을 찾는 발길이 이어져야 하는 것이다. 공간은 함께 만드는 것이지, 혼자 만드는 것이 아니다. 강연을 들으면 무조건 책 한 권은 사야 한다. 초대 작가도 강사이기 이전에 작가다. 책이 팔려야 인세를 받는다. 책값이 비싸다고 하는 경우도 있지만, 커피 값이나 술값, 주전부리 값을 생각하면 과연 그럴까.

작은 책방이 문화를 만들어내는 공간으로 자리 잡고, 그것을 문화로 정착하기 위해서는 함께 노력해야 한다. 문화는 하루아침에 만들어지는 것이 아니기 때문이다. 아이에게 이런 문화를 물려주는 것은 부모의 역할이다.

후천적인 노력으로 몸에 익힌 문화자본은 '금욕주의'의 마각을 금세 드러냅니다. 필사적으로 학습해서 외운 지식이기 때문에 본 적이 없는 영화에 대해서도, 들은 적이 없는 음악에 대해서도, 마신 적이 없는 포도주에 대해서도, '그것에 대해 알고 있다'는 것을 곧장 과시합니다. 타고난 문화귀족은 그런 태도를 보이지 않습니다. (중략) 조상 대대로 내려온 가산처럼 문화자본을 풍요롭게 누리는 문화귀족의 '아랑곳하지 않는 태도'는 금욕적으로 교양을 익힌 사람들이 결코 흉내낼 수 없습니다. (『어떤 글이 살아남는가』 중에서, 우치다 다쓰루 지음, 김정원 역, 원더박스 펴냄)

# 8. 작은 책방이 살아가는 법

"읽을 만한 책은 못 읽게 한다."

우리 집을 찾아왔던 사람이 한 말이다. '읽을 만한 책'의 기준이 뭔지 모르겠지만, 우리 책방은 새 책과 헌 책이 있다. 새 책은 판매용으로 신간 위주로 갖다 놓은 책이고 헌 책은 그동안 내가 읽었던 책들을 중심으로 책장에 꽂아놓은 것으로, 개인 서가인 셈이다. 새 책, 그러니까 판매용 책은 구입해서 읽도록 권하고 있다. 이유는 책이 낡아지면 판매를 하지 못하기 때문이다. 대형 서점에서 책을 맘껏 읽었던 사람들로서는 우리 같은 작은 책방에서 책을 읽지 못하게 하는 것에 불만이 많다.

책이 빤하고, 사람도 그리 많지 않기 때문에 누군가 와서 책을 보고 있으면 조심스럽게 "신간은 구입해서 봐주셔야 합니다."라고 말한다. 계산대와 입구 등 몇 군데에 써 붙였지만 미처 보지 못한 사람들이 그냥 가져다 읽는 경우가 있기 때문이다.

커피등 간단한 음료를 판매하는 카페를 겸하고 있어 음료 한 잔을 시키고 서가에 꽂힌 책을 갖다 보는 경우도 적잖다. 물론 책을 갖고 와서 일반 카페처럼 이용하는 사람, 도서관에서 빌려온 책을 갖고 와서 몇 시간씩 읽는 사람도 있다. 심지어 아이를 데리고 와 숙제까지 시키는 경우도 있다.

신간등 책을 빌려 보고 싶은 사람들은 도서관에 가면 된다. 도서관에서는 보고 싶은 새 책을 주문할 수도 있다. 도서관은 공공 시설이다. 우리의 세금으로 운영되는 곳이다. 마땅히 누리면 된다. 그러나 책방은 개인이 운영하는 곳이다.

동네 책방에 방문해 누군가는 할인을 해주지 않는다고 말한다. 그렇다. 대부분 동네 책방은 할인을 해줄 수 있는 형편이 아니다. 대형 서점과 우리 같은 작은 책방은 책을 구입하는 공급율이 다르다. 한 권의 책을 팔았을 때 남는 이익이 일반 서점과 5~10% 이상 차이가 난다. 뿐만 아니라, 현금을 주고 책을 구입하기 때문에 반품을 할 수 없다. 많은 작은 책방들이 책을 많이 갖다 놓지 못하고 있는 이유이기도 하다.

물론, 작은 책방 중에서도 책을 많이 팔고 수익을 내는 곳도 있을 것이다. 그러나 대부분의 작은 책방들은 임대료와 관리비를 제하고 나면 생활비를 벌기 쉽지 않다. 그래도 그들은 책을 팔면서 행복해한다. 왜냐하면 하고 싶은 일을 하기 때문이다.

한 공공기관에서 온 사람이 말했다.

"동네 책방 주인들을 만나면 다들 얼굴이 좋아요. 제가 봐도 운영이 힘들 것 같은데 다들 웃고 계신단 말예요."

웃고 있으면서도 임대료 걱정을 하고, 전기세 걱정을 한다. 그래도 웃는다. 이유는 좋아하는 일을 하기 때문이다. 그러나 "당신은 좋아하는 일을 하고 있으니 손해를 봐도 괜찮다."라고 하는 것은 아니다.

한 번은 젊은 책방 주인이 찾아왔다. 그는 월세 40만 원과 20여만 원의 관리비 등을 내는 데도 힘들었다고 한다. 그래서 이런저런 행사를 꾸준히 해서 나를 찾아왔던 그 전달에 100여만 원을 벌었다고 자랑했다. 내가 아는 또 다른 책방을 하는 젊은 친구도 월세 50만원과 관리비를 내고 나면 전혀 이익이 없다고 했다. 그래도 그들은 웃었다. 그 전에 다니던 대기업보다, 그 전에 했던 교사직보다 좋다고 했다. 나 역시 마찬가지다.

그런데, 얼마나 그 일을 할 수 있을까. 임대 기간 2년을 간신히 채우고 문을 닫는 책방이 생기는 이유다. 물론 누가 책방을 하라고 등 떠민 것도 아니고, 개인사업인 만큼 주인이 책임지고 각자의 요량으로 운영을 해야 한다. 독서 모임, 강좌, 회원제 북클럽 운영 등이 그런 것이겠지만, 이것 역시 각자의 몫이다.

대형 서점, 지역의 서점과 작은 책방 들이 함께 사는 것은 도서정가제가 제도적으로 자리잡고, 도서관이나 학교, 기업 들이 지역의 서점에서 책을 구입하고, 개개인이 책을 구입하고 읽는 문화가 성숙되어야 한다. "우리, 동네 서점에서 만나." "동네 책방에 콘서트 보러 가자." "동네 책방에 강연 들으러 가자." 이 얼마나 근사한 말인가.

## 9. 작가를 초대하는 일

출판사도, 작가도, 동네 책방도 책으로 인연을 맺는 일이다. 결국 사람과 하는 일이다. 상대의 말은 아, 다르고어, 달라 격려가 되기도 하고 상처가 되기도 한다.

교통이 불편한 이곳 시골에서의 작가 초청은 사실 쉽지 않다. 어쩌다 매주 작가를 초청한 적도 있지만, 여전히 연락을 하기 전까지는 많은 고민을 한다. 아는 작가라도 결례는 아닐까 고민한다. 고민 끝에 불쑥 연락을 하고 막상 온다고 하면 그때부터 다시 고민이 시작된다. 강사료는 어떻게 하나, 막상 왔는데 참가자가 없으면 어떡하니, 강사료는 제대로 챙겨줄 수 있을까. 그래서 이메일을 썼다 지웠다 하루 종일 고민하는 경우가 허다하다.


　오래 고민하다 한 작가에게 연락을 했었다. 등단작부터 지금까지 20년 넘도록 그를 사랑하는 독자이기도 한 나는 이 멋진 작가가 이곳까지 온다면, 생각하다 이곳까지 올 수 있을까, 생각하느라 오래 고민했다. 생각하다 다시 생각하고 그러다 연락을 했다.

　자세한 내용을 이메일로 보내달라는 문자에 그만 또 하루가 걸렸다. 대중교통을 이용해야 하는 그가 오는 게 쉽지 않은데, 생각했다. 순수문학 작가이니 많은 사람이 올 것도 아니고, 참가비를 받아 강사료를 준다 해도 얼마 안 될 것이고. 해서 황토 집에서 하룻밤 묵고 건강밥상을 차리겠다고 말했다. 그리고 덧붙였다. 거절해도 좋다고, 좋은 작품으로 만날 수 있기를 더 바란다고.

　답이 왔다.


　　하룻밤 재워도 주시고 밥도 해주신다는

　　너무 고마운 제안에 깊이 감사드리고,

　　언젠가는 제가 꼭 갈 테니

그때까지 책방을 지키고 계셨으면 하는 마음이지만,

그것도 저만의 과한 희망인지라,

당장은 아쉽고 죄송한 마음을 전할 뿐입니다.


메일을 보는데 눈가가 이미 촉촉해졌다. 그래서 답했다.


힘들게 메일을 쓰셨을 것 같아 참 미안합니다.

저희 집이므로, 오래오래 책방을 하고 있을 것이므로

언젠가 편하게 오셔서 밥 한 끼, 술 한 잔 나누시면

감사하겠습니다.

우리가 폭삭 늙기 전에 만나요.

문득,

폭삭 할머니 작가가 여전히 푸르른 작품을 들고 오고

폭삭 할머니 책방 주인이 여전히 푸릇한 마음으로

작품을 읽고 만난다면.

따뜻하고 뭔지 모를 서늘한 느낌에 핑 도네요.


메일을 쓰는데 눈물이 콱 쏟아졌다. 그야말로 깊은 곳에서 뭔가 모를 서늘한 기운이 올라왔다. 폭삭 늙은 우리들의 모습과 그때까지 서로 푸른 눈을 갖고 있어야 한다는, 그 무엇 때문인가 울컥한 것이다.

작가는 끝까지 좋은 작품을 써야 한다. 작품이 우선이다. 작가가 낯선 이들 앞에 서길 원치 않는 이유다. 이미 작품으로 말했는데 무슨 말을 더하란 말인가. 어쩌다 시대가 바뀌어 책을 내면 작가도 홍보를 해야 하기 때문에 여기저기 불려다닐 뿐이다. 그걸 좋아하는 작가는 사실 그리 많지 않다.

쥐꼬리만한 강사비와 교통도 불편한 곳에 작가를 부르는 일은 그래서 망설일 수밖에 없다. 이런 시골 책방에 오는 한 명 한 명의 작가가 더없이 고맙고 귀하고, 단 몇 명의 참가자가 와도 그 순간이 깊어질 수밖에 없는 이유다.

거절을 받고도 그를 통해 독자인 나는, 동네 책방주인인 나는 어떻게 할 것인가 깊은 생각을 하게 해서 참 고마웠다. 20년 넘도록 그의 독자가 된 보람도 있었다.

## 10. 나만의 시간을
### 살다

"왜 감을 다 비 맞혀요?"

누군가 물었을 때 비로소 알았다. 감이 비 맞는 것을. 그래도 감을 들여놓을 생각을 하지 않았다.

비 오는 날보다 햇살 가득한 날이 더 많기 때문에. 그 햇살과 시간 속에서 감은 스스로 조금씩 익어갈 것이기 때문에. 그러다 눈이 오는 날엔 눈 속에 파묻혀 얼었다 녹기도 할 것이기 때문에.

섬으로 간 후배 작가가 치킨을 시켜놓고 캔 맥주를 마신다며 전화를 걸어왔다. 글만 써서 먹고 살 수 없어 아는 선배네 일을 봐줄 겸 내려간 그에게 아름다운 섬은 삶의 터전이다. 그래서 그는 섬의 아름다움을 종종 잃는다. 밥벌이라는 것이 아무리 남 보기 좋아 보여도 나름의 누추함이 있게 마련이다.

아침마다 문 열고, 청소를 하고, 물을 끓이면서 누군가를 기다리는 것도 그렇다. 기다림이 없는 시간이 차라리 즐겁다. 책을 읽거나 풀을 뽑거나 푸성귀를 다듬거나, 그러다 문득 하늘을 올려다보는 시간. 그런 시간들이 없다면 기다림의 시간만 남고 그것은 그대로 타인의 시간이 된다.

애초 책방을 만들 때 누군가가 찾아오는 공간으로 만들었지만, 그렇다고 누군가를 기다리는 공간만으로 만들지는 않았다. 기다림의 시간은 나의 시간이 될 수 없기 때문이다. 사람들과 함께하는 공간이지만 나만의 공간이 되는 이유다.

이곳에서 책을 읽고, 책을 만들고, 사람을 만난다. 어쩌다 아무도 찾아오지 않는 날에도 이 공간이 살아 있는 이유는, 이 공간이 숨을 쉬는 이유는 내가 이곳에 나만의 시간으로 있기 때문이다.

어제 오후 시인 K 선생이 다녀갔다. 한두 시간 이런저런 이야기를 나누는데 불쑥 말끝에 이렇게 사는 게 정말 좋아요, 라는 말이 튀어나왔는데 선생도 말했다.

"정말 좋아 보여요."

선생이 간 후 좋다는 말을 오래 생각했다. '행복'이라는 단어는 일상으로 쓰여도 생활에서는 낯설다. 그러나 '좋다'라는 단어는 생활 속 단어다. 책을 읽어도, 풍경을 봐도, 먹을 때도, 그림과 음악을 만나도 우리는 흔히 '좋다'라는 단어를 쓴다. 이 좋음이 바로 행복이 아닐까.

좋음의 순간들이 있고, 나쁨의 순간들이 있다. 순간들이 이어져 일생을 만들어내고, 그 순간들을 살아내야 하는 것이다. 나쁜 순간들보다 좋은 순간들을 만들어내며.


햇살 좋은 날들의 감을 보고 또 본다. 그동안 감은 더 익었고, 비에 젖어 더 진해졌다.

요즘도 혼자 배를 타고 섬으로 들어가다 보면, 이 외롭고 낯선 공간에서 내가 정말 견딜 수 있을까 하는 생각을 자주 합니다. 그러나 세상에 어리석은 일이 '외로움을 피해 관계로 도피하는 것'이라고 생각합니다. 모든 고통은 '불필요한 관계'에서 나옵니다. 차라리 '외로움'을 견디며 내 스스로에게 진실한 것이 옳습니다. 진짜 외로워야 내 스스로에게 충실해지고, 내 자신에 대해 진실해야 내가 사랑하는 이들과의 관계가 더욱 소중해집니다. (『바닷가 작업실에서는 전혀 다른 시간이 흐른다』 중에서, 김정운 지음, 21세기북스 펴냄)

5장

# 1. 술 마시고 좋은 날

일이 손에 잡히지 않는 날이 있다. 물론 급하게 처리해야 할 일이 있는 게 아닌 것도 있지만, 마음이 자꾸 둥둥 뜰 때가 있다.

큰 나무 사이로 바람이 불어도 아직 시원하지 않은 여름 끝, 읽어야 할 책들을 사이에 두고 책 한 권을 집어 들었는데 그만 다 읽고 말았다. 둥둥 떠다니던 마음이 책 속에 그냥 묻혔다. 한유석의 산문집 『술 마시고 우리가 하는 말』을 읽었다.

작가 프로필은 '오랜 시간 아버지 곁에 광고 곁에 술 곁에 누군가의 곁에 서성이던 사람. 이제야 좋은 사람에게 술

한 잔 건네고 찬찬히 당신이 하는 말을 듣고 싶은 사람'이다. 그 흔한 학교, 경력 등이 없다.

한유석, 이라는 이름과 '술'이란 단어 때문에 남자라고 생각했는데 책을 읽다 금세 여자인 걸 알았다(이 생각조차 고루하다!).

책 속에는 자신이 얼마나 술을 좋아하는지 줄줄 나온다. 그러나 술 이야기가 아니다. 와인에 대해서는 전문가급이지만 역시 와인 이야기를 하는 것이 아니다. 살아온 날들, 지금의 날들을 누군가의 곁에서, 스스로의 곁에서 가만 보고 들려준다. 그래서 읽는 내내 마음이 차분해지고, 책을 놓을 수 없었다. '곁'에 있다는 것이 참 좋구나 싶은 책이었다.

책을 읽으며 글쓴이의 얼굴을 떠올려보고, 그가 입고 있을 옷을 떠올려보고, 헤어스타일, 말씨 등을 떠올렸다. 그가 다니고 있을 직장이 어디쯤일지 생각하다 내 주변의 얼굴들이 떠올랐다. 다행히 혼자 소주를 마시지 않았다는 이 사람.

공감하며, 또 공감하며 읽다 내내 술 생각이 간절했다. 책을 덮고 난 후 바로 든 생각은 이젠 나도 마시러 가야지,

였다.

저녁을 먹은 후 바람도 시원하고, 달빛도 좋아 남편과 맥주 캔 하나씩을 들고 마당으로 나갔다. 마침 문예창작과 학생들이 2박 3일 북스테이 중이어서 그들을 꾀었다.

"한 잔 할래요?"

"네, 고맙습니다!"

부모 같은 우리와 술을 마시는 게 부담스러울까 조심스럽게 말했는데 흔쾌히 응했다. 그리고 한밤에 마시려고 준비했던 맥주 한 캔씩을 갖고 내려왔다. 각자 글을 쓰기 위해서, 쓴 글을 서로 읽고 합평하기 위해서 북스테이를 하는 젊은이들.

바람소리, 계곡소리 나는 곳에서 우리는 소설가 윤성희, 백민석, 황정은, 박지리, 시인 이원을 이야기하고, 소설가 W.G. 제발트(1944~2001), 칼비노(1923~1985) 등을 이야기했다. 글을 쓰는 것은, 문학을 한다는 것은 어떤 것인가도 이야기했다. 술 마시고 이야기를 나눈 이들이 문예창작과 학생들이어서 얼마나 좋았는지, 마치 내가 그들과 같은 20대 시절인 듯했다. 달빛 좋은 한여름 밤. 『술 마시고 우리가 하는 말』 때문에, 그만 술 마시고 좋았던 밤이었다.

## 2. 보름달 아래에서

붉은 달이 떠오르자 일제히 일어나 환호했다.

한가위 보름달.

북스테이 가족과 동생네가 와서 바비큐를 먹고 모닥불을 피웠다. 이런 순간 술이 빠지면 안 되지. 다 같이 와인 한 잔씩 들고 불 앞에 앉았다.

불 앞에서는 저마다 말을 아낀다. 숨 쉴 때마다 숲이 가슴으로 밀려왔다. 개울물 소리는 먼 곳에서 개 짖는 소리와 함께 잠시 세상 밖으로 데려다 놓았다.

달이 점점 높이, 어둠 속으로 환하게 빛나러 올라간다.

살아온 세월이 아득한 순간, 빛나고 싶었던 한 시절은

언제였을까. 오래 살아남은 구상나무는 차오르는 달빛을 온몸으로 받아내느라 더 기울어진다.

비스듬히 서서 언제 베어질지 모르는 목숨 줄을 버티고 선 구상나무나, 한세월 가는 줄도 모르고 발바닥 아프게 뛰는 나나 동생이나, 지금 이 달빛 아래에서 우리는 가장 빛나고 있구나.

목젖 아래까지 달빛이 파고드는 이 뜨끈한 추석날 밤.

## 3. 내가 알던 그 사람을
### 찾습니다

"사람을 찾습니다. OOO 어머님께서 오전 10시경 집을 나가셨는데 아직 안 돌아오셨습니다. OOO 어머님을 보신 분은 속히 연락바랍니다."

시골이다 보니 마을에 무슨 일이 있으면 이장이 마이크를 잡고 방송을 한다. 며칠 전 저녁 무렵, 이장의 마이크 소리가 울려 퍼졌다. 아침에 집을 나간 동네 할머니 한 분이 하루 종일 돌아오지 않자 부득불 방송을 한 것이었다. 방송은 바로 효과가 있어 할머니는 곧바로 찾았다.

할머니를 발견한 곳은 동네 고급 전원주택 잔디밭. 할머니는 호미를 들고 그 집 잔디밭에서 풀을 뽑고 계셨는데,

평생 호미 들고 일만 한 할머니는 아침에 일어나면 호미 들고 풀 뽑는 게 일이라고 했다. 할머니는 '일 치매'에 걸리신 것이다. 그런데 그날 할머니가 풀 뽑던 잔디밭은 옛날 당신네 밭이었던 곳. 할머니는 남의 집 마당이 당신 밭인 양 뜨거운 여름날 종일 풀을 뽑고 또 뽑고 계셨던 것이다.

『내가 알던 그 사람』은 쉰여덟 살의 웬디 미첼이 어느 날 갑자기 치매 판정을 받고 살아가는 이야기다. 나는 이 책을 읽다 몇 번을 훌쩍거렸다. 주변에 치매 환자가 없지만 치매는 특정한 한 개인의 문제가 아닌 누구에게나 어느 날 닥칠 수 있는 문제이기 때문이다. 웬디 미첼은 치매에 대해 이렇게 말한다.

이 병은 매년 상자에서 크리스마스트리 전구를 꺼내는 것과 비슷하다. 전선 뭉치를 풀고 엉킨 부분을 펴서 플러그에 꽂아 상태를 확인한다. 전선에 달린 작은 전구들이 켜졌다 꺼지고 아예 켜지지 않는 전구도 있지만 어느 전구가 그럴지, 언제 어느 전구가 고장이 날지 예상할 수기 없다. (『내가 알던 그 사람』 중에서, 웬디 미첼 &

아나 와튼 지음, 공경희 역, 소소의책 펴냄)

그녀는 그러나 절망하고 방으로 숨어드는 대신, 열차를 세 번씩 갈아타고 강연을 다닐 만큼 열정적으로 살아간다. 물론 그 일은 아주 어렵다. 그래서 그녀는 '엄청난 노력'을 한다.

행사 요청이 오면 호텔 사진, 행사장 사진 등을 수없이 프린트해서 낯을 익히고, 그 많은 사진들을 파일에 넣어두는가 하면, 하차할 장소를 알람에 저장하고, 낯선 거리에서 목적지를 찾아갈 수 없으면 파일에 넣어둔 사진들을 꺼내 일일이 살펴보고, 그래도 혼란이 가시지 않으면 아이패드로 사진을 찍으면서 감정이 가라앉길 기다린다.

카페에 들어가 차를 한 잔 마시면서 휴대전화 속 길 찾기 앱을 열어 호텔을 알아보고, 앱이 잘 켜지지 않을 때는 사람들에게 묻고, 또 프린트한 사진들을 꺼내 그 낯선 도시를 일일이 확인한다. 정말 '엄청난 노력'을 하는 것이다.

웬디 미첼은 치매 진단 후 자신이 어떻게 생활해나가는지 담담하게 표현한다. 그와 함께 이 책을 쓴 아나 와튼의 글도 마찬가지다. 아나 와튼은 치매 진단을 받기 전과 후의 웬디 미첼을 이야기하는데 나는 주로 이 부분에서 눈물을 흘렸다.

넋이 나갈 듯한 속도. 네 업무 처리 속도가 기억난다. 말로 표현한 적은 없지만 속으로는 감탄했지. 사방팔 방 차를 몰고 다니면서 업무를 처리했지. 휴가 때면 레 이크 디스트릭트의 산등성이를 수 킬로미터나 걸었어. 길을 잃는 걸 개의치 않고 산 중간으로 들어가곤 했 지.(『내가 알던 그 사람』 중에서, 웬디 미첼 & 아나 와튼 지음, 공경희 역, 소소의책 펴냄)

내가 처음 눈물을 후드득 흘린 부분이다. 반짝이고 젊은 시절의 웬디 미첼과 지금의 어눌한 웬디 미첼의 모습이 순 간 겹쳐진 것이다. 그리고 치매가 아닌, 젊음과 나이듦의 순간들이 함께 겹쳐진 것이다.

나이든 후의 삶이란 치매 진단을 받지 않아도 더 이상 속도감 있게 업무처리를 하지 못하고, 길 잃는 것에 개의치 않고 산 중간으로 들어가지 않는다. 오히려 길을 잃을까 두 려워 안으로만 숨이든나.

나이들수록 독립된, 혼자의 삶을 살아야 한다. 어린 두 딸을 데리고 일찌감치 싱글맘이었던 웬디 미첼의 말은 치매 환자뿐만 아니라 일생을 살아내야 하는 우리에게 여러 가지를 생각하게 한다. 그는 치매 환자를 대신한다고 뭔가를 곁에서 해주지 말라고 한다. 오히려 그렇게 하면 병을 악화시킨다고 생각하기 때문이다. 그는 '치매를 앓으면서 혼자 살면 좋은 점이 있다. 누군가가 가재도구를 옮겨서 혼란에 빠질 염려가 없다. 또 나름의 대응책을 세워 머리로 연습하고. 계속 시도하고 시험하면서 뇌에서 그 회로를 가동시킬 수 있다'라고 말한다.

이 책을 블로그에 리뷰했더니 한 사람이 책을 주문했다. 사업가로, 발명가로 열심히 살았던 아버지가 초기 치매인데, 리뷰를 보면서 이미 눈물을 쏟았다고 했다. 인터넷에서 구입해도 되는데 택배비까지 부담하면서 책을 주문하는 그 마음이 그대로 느껴졌다.

책을 통해 낯선 이와 소통할 수 있고, 누군가에게 위로가 된다는 사실은 언제나 가슴을 뜨겁게 한다. 치매 환자인 데다 60이 넘었는데도 1,500미터 상공에서 글라이더를 탄 웬디 미첼을 책이 아니었다면 나는 만나지 못했을 것이다.

## 4. 누구나 찾아오는 열린 공간

낮의 풍경과 밤의 풍경이 다르다.

같은 곳 다른 풍경.

낯익은, 그러나 낯선.

살다 보면 잊히지 않는 것들이 있다.

방금 들은 말도 기억나지 않는데 또렷한 어떤 순간, 장면, 풍경, 소리, 말, 표정, 냄새, 몸짓 같은 것들. 그렇다고 그런 것들을 일일이 호명할 수 없다. 내 언어 밖, 차마 불러 낼 수 없는 것들을 생각하다 그렇게 텅 빈 순간과 맞닥뜨린다.

익숙한 것들이 낯설게 다가올 때가 있다. 낯선 것들이 어느 날 익숙하게 다가올 때가 있다. 그런 것들을 다 지난다.

존 필드(아일랜드 작곡가, 1782~1837)의 <녹턴>을 들으며 최승자 시집 『물 위에 씌어진』을 읽고 있었다. 누군가 들어왔다. 오래전 친구였다. 한때는 같이 일을 했고, 어쩌다 한 아파트 단지에서 살기도 했고, 그러다 보니 늦은 밤 서로 만나 수다를 떨던 친구였다. 결혼을 하고, 아이를 낳고, 이사를 하고, 서로 삶의 모습이 달라지면서 풍문으로 소식을 듣다 그마저도 끊겼었다.

우리는 마치 어제 만났다 헤어진 듯 수다를 떨었다. 조금은 쓸데없는 이야기들을 주저리주저리. 마음을 들여다볼 새가 없이 그냥 주저리주저리.

그러다 책을 추천해 달라는 말에 황현산의 『밤이 선생이다』, 허수경의 『너 없이 걸었다』, 최승자의 『물 위에 씌어진』, 신형철의 『슬픔을 공부하는 슬픔』, 정혜신의 『당신이 옳다』를 권했다. 그는 다 읽고 오겠다고 했다. 읽고 오면 할 이야기는 더 많아지겠지.

또 어느 날은 스파게티 면을 삶고 있는데 누군가 문을 열고 들어왔다. 그대로 달려 나가 끌어안았다. 한때는 같은 사무실에서 일하느라 매일 만났고, 서로 다른 일터로 옮겼을 때도 한두 달에 한 번씩은 만나 밥을 먹고 수다를 떨던 사이. 그러다 어느 날 소식이 뚝 끊겼다. 아무도 그의 안부를 몰랐다. 한동안의 단절은 혹시 안 좋을 일이 있는 건 아닐까 하고 깊은 근심까지 하게 했다.

다시 풍문으로 소식이 들려올 즈음, 먼저 연락할 처지가 아니어서 언젠가 연락을 먼저 하겠지 하고 기다렸는데 불쑥 찾아온 것이다.

스파게티 면을 마저 삶아 손님에게도 내고, 그녀에게도 내고. 그리고 우리는 마치 어제 만났던 것처럼 오늘을 이야기했다. 그동안의 그 많은 이야기들은 오늘 만난 것으로, 그래서 오늘을 이야기할 수 있는 것으로 족했다. 그녀에게도 황현산을, 허수경을, 신형철을 권했다.

또 하루 추운 겨울날, 주방에서 일을 하고 있는데 누군가 등 뒤에서 나를 불렀다. 뒤돌아 얼굴을 보고는 달려나가 꼭 껴안았다. 역시 오래 전 한 직장에서 함께 일하던 후배였다. 그녀는 만년필을 꺼내 놓았다.

"만년필 좋아하시잖아요. 좋은 글 쓰시라고요."

만년필을 쓰고 있던 것을 기억하고 있는 것도 고맙고,

좋은 글을 쓰라고 선물한 것도 고마워 나는 만년필을 오래오래 쓰다듬었다.

나는 그 후배를 퍽 좋아했다. 일을 똑 부러지게 잘할 뿐만 아니라 성격도 깔끔해서 상사라면 누구나 좋아할 만했다. 그녀와 일본과 유럽 출장을 함께하기도 했는데, 일본어도 잘하고 영어도 잘해 나는 그녀 뒤만 졸졸 따라다녔었다.

때마침 장작화덕에 홍합을 잔뜩 삶아 놓은 터라 우리는 밖에서 홍합을 까면서 옛 이야기와 그동안 살아온 날들을 이야기했다. 그녀의 결혼식 날 친정엄마처럼 눈물을 찍었었는데, 어느새 사내 아이 둘이 초등학생이라고 했다.


"후남 씨."

때마침 주문받은 커피를 내리고 샌드위치를 만들던 나는 그대로 나가 그녀를 잠시 껴안았다. 그녀의 어깨를 안는 순간 눈물이 핑 돌았다. 이게 뭐지? 그런데 더 난감했던 건 그녀 역시 눈물을 닦고 있었다는 것이다. 아, 흠, 이거 왜 이러나, 이게 뭐지? 흠흠 …….

그녀는 자리에 앉고, 나는 샌드위치를 마저 만들며 이런 감정이 뭘까 생각했지만 딱히 정체가 파악되지 않았다.

그녀와 나는 오래전 한 대학원에서 잠깐 함께 공부한 인연을 갖고 있다. 때늦은 공부라 서로 각기 살아온 삶이 달랐다. 그래도 인상 깊어 친구 하면 참 좋겠다 싶었지만 역시 또 다른 삶을 각기 살아내느라 연락이 끊겼다. 그래도 가끔 그녀는 그때 그 소설을 썼을까, 생각했다. 왜냐하면 그녀는 꼭 써야 할 이야기가 있다고 했기 때문이다. '소설을 쓰고 싶다'와 '꼭 써야 할 이야기가 있다'와는 다른 것이라는 것을 그때 그녀를 통해 처음 알았다.

그녀가 꼭 써야겠다고 했던 것은 하와이 초기 이민자들의 삶. 그녀 역시 하와이로 이민을 떠났다 돌아온 터였다. 이곳에서 뿌리를 내리지 못한 채 머릿속에 분분히 떠다니던 그녀의 이야기들은 소설로 태어났을까. 그녀의 시절을 잠깐 기억하고 있었던 건 그냥 기억일 뿐이었다.

페이스북을 처음 시작했을 때 그녀로부터 메시지가 왔다. 낯선 이름. 그녀는 필명을 쓰고 있었다. 소설가 임재희.

임재희라는 이름으로 그녀는 2013년 『당신의 파라다이스』로 세계문학상을 수상하고 『어디에도 속하지 않은 폴의 하루』라는 소설집을 냈다. 꼭 써야 할 이야기가 있었던 그의 작품은 『당신의 파라다이스』를 통해 풀어냈고, 소설

집 『어디에도 속하지 않은 폴의 하루』에도 그대로 반영된다.

표제작 〈어디에도 속하지 않은 폴의 하루〉를 비롯한 9편의 소설 주인공들은 모두 경계에 있는 사람들이다. 한국인이면서 미국에서 살거나, 미국에 살다 한국에 와서 살거나, 혹은 미국과 한국 모두에 걸쳐 있거나.

첫 번째 작품 〈하이 앤 데어〉에는 이런 대목이 있다.

> 선택의 문제는 늘 간단하면서 복잡했다. 동희는 가족이 있는 미국을 자주 드나들어야 하니, 미국 국적이 아무래도 편할 것 같다는 생각과 한국에 정착하려면 한국 국적이 좋을 거라는 생각 사이에서 잠시 갈등이 일었다. 그 어느 곳도 온전히 편한 곳은 없었다. 모든 게 완벽하게 서로 엇비슷했다. (『어디에도 속하지 않은 폴의 하루』 중에서, 임재희 지음, 작가정신 펴냄)

그가 아니면 쓸 수 없는 이야기들. 경계에서 살아본 이들만이 쓸 수 있는 이야기들. 그런데 그 경계는 사실 땅, 나라, 언어 같은 것만이 아니다. 나아가면 우리 모두 저마다의 경계에 살고 있는 것.

함께 저녁을 먹고, 와인 잔을 앞에 두고, 퀸과 스팅과 척 맨지오니, 요요 마, 뮤지컬 〈레미제라블〉 등의 영상을 봤다.

함께하는 게 낯설지 않고 익숙했다. 오래전 그녀와의 만남은 짧았지만 그 시절의 내가 그를 만나 순간 되살아났고, 그녀를 통해 아직 젊은 나를 만났다. 밥벌이를 하면서도 문학에 대한 끈을 놓지 못해 뒤늦게 대학원에 진학했던 그 시절의 내가 순간 오롯이 살아났다.

시골에 책방과 카페 문을 열지 않았으면 만나지 못했을 인연이 이렇게 다시 이어진다. 공간을 열어놓고 있으니 이렇게 낯선 이도 오고, 낯익은 이도 온다. 누군가는 와서 책을 보고, 누군가는 와서 이야기를 나누고, 누군가는 와서 밥을 먹고, 누군가는 와서 산책을 하고, 누군가는 와서 하룻밤을 지낸다.

이런 열린 공간을 만들지 않았다면 더러는 다시 만나지 못할 인연들. 살면서 가끔 보고 싶을 때 불쑥 전화해서 광화문이나 인사동쯤에서 밥 한 끼 먹고 차 한 잔 마시고 헤어질 수도 있지만 살다 보면 그게 참 쉽지 않다. 그런데 공간을 열어놓고 있으니 이렇게 찾아오고 다시 인연이 이어진다.

# 5. 맛을 추억하는 일

속이 썩어야 세상에 관대해질 수 있었다. 산다는 건 결국 속이 썩는 것이고 얼마간 세상을 살고 난 후엔 절로 속이 썩어 내성이 생기면서 의젓해지는 법이라고 배추적을 먹는 사람들은 의심 없이 믿었던 것 같다. 그렇게 속이 썩은 사람들끼리 둘러앉아 먹는 것이 배추적이었다. (『외로운 사람들끼리 배추적을 먹었다』 중에서, 김서령 지음, 푸른역사 펴냄)

아주 오래전, 경북 상주에 가서 배추전을 처음 먹었을 때 나는 주인장이 배추전을 구워 밥상에 올리기 무섭게 먹고 또 먹었다. 무슨 맛으로 배추전을 먹었느냐고 했을 때 김서령 선생의 어머니처럼 양념장 맛도 있었겠지만, 배추의 단맛이 고소한 기름 맛과 더불어 내는 그 소박한 맛이 어찌나 좋았던지, 배추전을 부칠 때마다 배추 한 장을 그대로 넓적하게 부쳐 내놓았던 그 집의 낡은 마루와 그것을 같이 먹은 사람들의 얼굴까지 소환되곤 했다.

그런데 이제 배추전은 '배추적'이란 이름으로 '김서령'과 함께 소환된다. 배추적을 부쳐 누군가에게 내놓고 나누면서 나는 내 썩은 속을, 누군가의 썩은 속을 생각하며 그래, 그래, 외로움을 삼키며 먹을 것이다.

책을 받아놓고도 한동안 이 책을 읽지 못했던 건 김서령 선생의 생전 모습이 자꾸 떠올랐기 때문이다. 화장기 없는 맨 얼굴로 이가 다 드러나도록 씩 웃는 그의 모습이 순간 그리워 책 표지를 보다 얼른 눈길을 거두기도 했다. 아마도 그는 그런 나를 보고 "흥칫뽕!" 했을 거다.

『외로운 사람끼리 배추적을 먹었다』를 읽다 나는 김서령 선생도 그립고 이제 이 땅에 안 계신 엄마도 그리웠다. 밥상을 차리던 엄마가 떠올랐기 때문이다. 시래기, 고사리, 깻잎, 쑥, 취나물 같은 것들 이야기가 나올 때는 더욱 엄마가 사무치게 그리웠다. 그의 말대로 "어릴 때는 외면하다 나이들면서 맛을 알게 된" 것들. 젊은 시절의 맛은 다 어디로 사라지고, 이제 이 땅에 없는 사람들의 맛을 그리워하는 걸까.

김서령 선생을 만난 건 오래전, 그가 한 신문에 '김서령의 가(家)'를 연재할 때였다. 그 글이 좋았고, 그를 따라 집과 사람을 만나고 싶은 욕심에 일을 꾸몄던 나는 한동안 그와 함께 이 집 저 집 찾아가 사람들을 만나고, 그렇게 만난 이야기를 먼저 글로 읽는 호사를 누렸다. 글처럼 단정한 그의 집에 앉아 맞았던 시원한 바람이 어제처럼 생생하다.

그의 글은 융숭하다.『외로운 사람들끼리 배추적을 먹었다』에서는 맨살로 드러나는 안동의 말과 엄마의 따끈한 밥상이 버무려져 더 깊은 융숭함을 준다. 밥상을 차리는 일이 살아갈수록 '그깟 일'이 아닌, 무엇보다 소중한 일임을 깨닫는 요즘, 따끈한 엄마의 밥상이야말로 평생의 허기를 때우는 일이구나 싶다.

'잿불이 잦아들 듯 고요하게 홀로 사위어지신' 그의 고모는 "야야, 살아보니 인생이 참 허쁘다"라고 말했다. 그 고모가 캐고 말리고 삶은 나물들이 나뒹구는 냉동실 문을 열고 하염없이 서 있던 선생은 '냉동실 문을 잡고 죽음의 어처구니 없음을 생각했다'고 말한다.

엄마가 가신 후 나 역시 냉장고 앞에서 하염없이 서 있었다. 그리고 엄마의 황석어젓과 새우젓, 된장과 간장 등은 살아있는 내 생활로 이어져 김치를 담글 때, 된장국을 끓일 때, 맑은 국을 끓일 때 사용된다.

그가 아픈 동안 나는 만나지 못했다. 살림살이를 '김서령의 다정하고 고요한 물건들의 목록 물목지전'이란 이름으로 정리할 때도 가보지 못했다. 그런데 전시가 끝난 얼마 후 들려온 부고라니! 그런데 그렇게 마지막을 사는 모습이 얼마나 아름다운지, 몸과 마음을 다 쓰고 간 그의 모습이 슬픔 뒤로 참으로 부러웠다.

한 세대 전 우리 집안 여자들의 책임과 자유를 전부 합한 것보다 나는 더 자유롭고 더 강력해졌어요. 난 걷고 싶을 때 걷고 멈추고 싶을 때 멈춥니다. 하루 한 편의 시 혹은 에세이를 쓰고 이틀에 한 장 그림을 그리면 나는 죄소한의 생계를 유지할 수 있어요. (『외로운 사람들

끼리 배추적을 먹었다」 중에서, 김서령 지음, 푸른역사 펴냄)

이렇게 살아야 한다. 걷고 싶을 때 걷고 멈추고 싶을 때 멈추고. '봄볕 아래 쑥을 캐려고 엎드린 오늘이 내게는 돈 짝 만하다'고 큰 소리칠 수 있어야 한다.

올봄 나는 이 시골에서 선생처럼 '봄볕 속에 쑥을 캐는 한나절'을 누릴 테다. 그걸 몇 차례씩 누리다 보면 그의 말처럼 '인생은 응분의 위엄을 획득할' 테니. 매일 몸과 마음을 다 쓰면서.

## 6. 신선한 재료니까
## 맛있을 수밖에

나는 요리를 좋아한다. 누구나 그렇겠지만, 근사한 밥상은 아니어도 누군가 내가 차린 밥상에서 그릇들을 싹싹 비우는 모습을 보면 행복하다. 음식 맛의 기본은 재료다. 얼마나 신선하고 좋은 재료를 쓰느냐에 따라 그 맛이 달라지기 때문이다.

시골살이의 가장 행복한 점 중 하나는 제철 음식을 먹는다는 것이고, 대부분의 것들은 내가 농사지은 것들을 마당에서 수확해서 바로 먹는다는 것이다. 따라서 언제나 최고의 식탁을 차릴 수 있다.

내가 봄이면 잊지 않고 키우는 것 중 하나가 바질이다.

바질의 향내는 그 어떤 음식에도 최고의 맛을 선사한다. 잘 자란 바질 잎을 따서 잣과 올리브오일, 파마산치즈를 넣고 만드는 바질페스토는 샌드위치를 만들 때, 토마토 볶음을 할 때, 스파게티를 만들 때 등 곧잘 사용한다. 루콜라도 씨를 뿌리면 얼마나 많이 나는지, 샐러드를 만들 때 최고의 풍미를 자랑한다.

평소 봄날부터 가을까지 마당에는 먹을거리가 넘친다. 베어내기 무섭게 자라는 부추를 쓱쓱 베어 무쳐 먹고, 가지를 따서 바로 볶기도 하고, 풋고추를 따서 된장에 무친다.

봄이면 두릅과 오가피 순을 따서 슬쩍 데친 후 된장에 조물조물 무치고, 간장과 설탕, 식초를 끓여 그 다음 해 봄까지 장아찌로 만들어 먹는다.

이사 오던 첫 가을 날에는 집 앞 밤나무에서 떨어진 밤을 주워 삶아 먹다 갑자기 영화 〈리틀 포레스트〉의 밤조림이 생각났다. 〈리틀 포레스트〉를 보면서 다양한 음식을 해 먹인 엄마를 둔 것도, 그 엄마의 맛을 살려 그 음식을 다 해 먹는 주인공도 몹시 부러웠다.

음식은 추억이다. 그리고 음식은 당연히 사람을 살린다. 엄마가 만들어준 수많은 음식들 …….

〈리틀 포레스트〉에서 가장 해먹고 싶었던 것 중 하나가 밤조림이다. 밤만 먹어도 맛있는데 그걸 조리다니. 얼마나 멋진 맛이 날까.

　밤조림은 손이 많이 갔다. 밤을 일일이 깐 후 밤새 베이킹소다에 우려내고, 세 번이나 30분씩 끓여낸 후 마지막에 설탕과 포도주를 넣고 오래오래 조려야 했다. 마침내 색깔이 와인빛으로 깊게 물들었을 즈음, 한 개를 입에 쏙 넣었다. 영화에서 주인공이 밤조림을 입에 넣고 지었던 그 미소처럼 나도 미소가 절로 나왔다. 참 사랑스러운 맛이었다.

# 7. 정원을 가꾸며
## 사는 맛

어렸을 때 집 마당에는 사철나무, 단풍나무 같은 것들이 있었다. 부모님의 살림살이가 나빠져 집을 옮겨 다닐 때도 마당에는 언제나 화분이 있었다. 그리고 다시 화단이 있는 집으로 이사했고, 그 마당에는 또 사철나무 같은 것들이 자랐다. 그 집을 헐고 당시 유행하던 다세대주택으로 집을 짓고 마당이 없어졌을 때 엄마는 집 입구에 능소화를 심고, 옥상에 화단을 만들었다. 그때 엄마가 심은 능소화는 여름이면 장관을 이룬다. 지금 내가 키우고 있는 사랑초와 관음죽, 천사의나팔 등은 모두 엄마가 수십 년 키운 것들이다.

오랫동안 정원이 없는 아파트에 살 때도 나는 식물을 키우며 정원을 꿈꿨다. 겨울에도 식물을 위해 늘 창문을 조금씩 열어뒀다. 식물은 햇빛도 중요하지만 바람도 중요하다. 좁은 곳에서 화분을 이리저리 옮기고 봄마다 화분갈이를 하며, 너무 많은 화분을 보고는 정리해야지, 하다가 어느새 봄이 되면 새로운 모종을 사들고 오곤 했다.

도시에 살면서 화원은 내가 잠시 휴식하러 가는 곳이기도 했다. 꼭 사지 않아도 한 번씩 들어가 둘러보고 나면 마음이 환해지곤 했다. 한 번은 일이 크게 엎어진 일이 있었다. 갑작스럽게 작가와의 계약이 취소됐는데, 그것은 단순한 계약 취소가 아니었다. 작가와의 관계가 꽤나 친밀해 나는 한동안 그 상처에서 헤어 나올 수 없었다. 혼자 여행도 가고, 하루 몇 시간씩 길을 걷기도 하고, 산에 오르기도 하면서 심리상담을 받기도 했다. 그때 자주 들르던 화원 여주인이 내 얼굴색을 보고 화분을 하나 선물했다.

"다 지나가요. 시간이 약이지요."

마당 있는 이곳으로 옮기면서 안에서 기르는 것들은 아무래도 소홀해진다. 겨울이면 실내에 모두 들여놓고 매일 들여다보지만 봄부터 가을까지는 밖에 내놓고 땅에서 자라는 것들과 함께 보다 보니 신경을 덜 쓰게 되는 것이다. 이곳으로 이사할 때 이삿짐센터 아저씨는 이사비용을 생각하면 '새로 사는 게 낫다'라고까지 했었지만 어느 것 하나 버릴 수 없어 모두 싸갖고 왔음에도 불구하고.

이곳은 마당이 조금 넓다. 처음엔 넓은 마당을 정원으로 어떻게 꾸밀까 생각했는데, 지금은 정원보다 밭으로 더 많이 쓰고 있다. 보리가 넓은 면적을 차지하고, 봄부터 여름까지는 상추와 가지, 고추, 토마토 등을 키워 먹고, 가을에는 배추와 무를 심어 김장을 한다.

지금 정원에서 자라는 화초들은 수국, 옥잠화, 꽃잔디, 디기탈리스, 철쭉, 영산홍, 모란, 백합, 수선화, 아이리스 등 꽤 여러 종류다. 매일 그것들을 바라보는 즐거움은 꽤 크다. 잡초인 줄 알고 뽑았다 낭패를 본 적도 있고, 잡초가 아닌 줄 알고 열심히 물을 줬는데 잡초인 것도 있고.

흙과 함께 지내는 시간은 온전한 나의 시간이다. 한없이 내 안으로 들어간다. 일로 생각하면 할 수 없는 일이 바로 정원을 가꾸는 일이고, 텃밭을 일구는 일이다. 베를린 예술대학교 교수인 철학자 한병철은 『땅의 예찬』에서 '정원 일은 일이 아니라 명상이며, 정적 속에 머무는 일'이라고 적고 있다.

덧붙여 '정원은 타자의 시간이다. 정원은 내가 멋대로 할 수 없는 저만의 시간을 갖는다. 모든 식물은 저만의 시간을 갖는다. 정원에서는 수많은 저만의 시간들이 교차한다.'라고 적는다.

체코의 저널리스트이자 작가이기도 했던 카렐 차페크(1890~1938)는 『정원가의 열두 달』에서 '4월의 정원가가 어떤 존재인지를 묻는다면, 시들시들한 묘목을 손에 쥐고 손톱만큼의 빈 땅이라도 찾기 위해 작은 정원을 스무 바퀴쯤 빙빙 도는 사람'이라고 적고 있는데 혼자 킥킥 대며 무릎을 쳤다. 좁다면 좁고 넓다면 넓은 마당에서 모종을 들고 빙빙 돌고 있는 나의 모습이 그대로 그려졌다.

뿐인가. '이른 봄날, 정원가는 화단 이곳저곳을 뚫고 올라오는 새싹을 굽어보며 생각에 잠긴다. 이쪽이 좀 휑하구나, 무언가 더 심어야겠다. 몇 달 후 정원가는 똑같은 자리에 서 있다'는 대목에서도 킥킥 웃음이 나왔다. 여기에 뭘 심어야지, 이건 저쪽에 옮겨 심는 게 좋겠어. 그러다 캐고 보면 그 속에 뭔가 뿌리가 들어 있어서 다른 땅을 둘러보는 정원가.

이제 여긴 됐어, 라고 생각했던 곳도 새싹이 돋고 꽃이 피고 지는 동안 다른 것들이 눈에 들어온다. 됐다고 할 수 있는 것은 아무 것도 없는 순간이 정원의 순간이다.

자연은 똑같지 않다. 맑은 날도, 비 오는 날도 같지 않은 게 자연의 삶이다. 그래서 자연은 언제나 새롭다. 시골에 살면서 지루한 날이 없는 것은 매일이 새로운 자연과의 만남이기 때문이다. 특히 봄에는 낮에도 몇 번씩 나가서 햇빛 아래 서 있고, 마당을 어슬렁대며 새순 올라온 게 뭐가 있나 찾아본다. 봄날 내내 마당을 벗어나지 못하는 이유다.

## 8. 흙을 일구며
## 사는 맛

정원 가꾸기와 달리 채소를 심어 먹는 일은 또 다른 즐거움을 준다. 상추나 토마토 같은 것도 좋지만 배추와 무 같은 것들은 수확의 기쁨이 달랐다.

나는 지금도 어느 늦가을, 돌산갓을 뽑아 흙을 털어내고 다듬을 때의 그 감동을 잊지 못한다. 씨앗을 뿌린 것이라 솎기도 할 겸 여린 돌산갓을 뽑았는데 뿌리째 뽑혀나온 돌산갓은 그야말로 자연의 싱싱함이 그대로 쑥 뽑혀나온 듯했다. 그걸로 물김치를 담갔는데, 그 맛은 뭐라 말할 수 없이 좋았다.

배추는 모종을 사다 심고 무는 씨앗을 뿌렸다. 작은 배추 모종이 점점 자라 속이 꽉 차는 모습도, 무가 싹을 틔우고 어느 날 흙 위로 허옇게 모습을 드러내는 것도 큰 감동을 줬다.

고라니가 앞마당까지 내려와 산책하는 일이 흔해 남편은 고라니가 들어가지 못하도록 망을 쳤는데, 매일 망 안으로 들어가 그것들이 자란 모습을 보다 어느 날 쑥 자란 무를 뽑아 푸릇한 무청과 같이 깍두기를 담갔다. 우리는 끼니마다 깍두기 한 그릇씩을 비워냈다.

가깝게 지내는 이들이 오면 무 한 개 쑥, 배추 한 포기 쑥쑥 뽑아줬다. 배추 한 포기, 무 한 개를 값으로 치자면 얼마 되지 않는 것이지만, 그것을 받아든 이의 기쁨보다 그것을 주는 내 기쁨이 훨씬 더 컸다.

그러나 안타깝게도 그런 무와 배추를 마다하는 사람도 있었다. 그걸 갖고 가서 다듬고 김치를 담그는 일이 너무나 번거롭다는 것이다. 대체 얼마나 더 편하게 살아야 하는 걸까.

흙 묻은 그것들을 뽑아 다듬을 때는 온몸에 희열이 느껴졌다. 상추를 뜯을 때와 고추나 가지 등을 딸 때와는 전혀 느낌이 달랐다. 흙을 털어낼 때마다 내가 자연에 사는 것이

몸으로 느껴졌다.

배추 속이 꽉 차고, 배추도 무도 달디 단 맛을 낼 때 김장을 했다. 배추 80포기를 뽑아 밑둥을 자르고, 절이고 버무리는 일은 말 그대로 노동이었다. 큰 통을 여러 개 줄 세워 놓고 소금간이 잘 배도록 이 통에서 저 통으로 옮겨 담고, 하루 동안 절여진 배추를 역시 여러 개의 물통을 세워 놓고 여러 번 헹궈내 물이 빠지도록 엎어놓았다.

찹쌀풀을 한 솥 쑤고 무와 배, 사과, 양파 등은 믹서에 갈고, 다시마, 북어, 양파, 대파, 가다랑어, 디포리, 멸치, 무 등을 넣고 장작불에 끓여 다시국물을 만들었다. 고춧가루는 후배가 전남 영광에서 보내왔고, 마늘은 앞집에서 농사 지은 것을 구입해 일일이 손으로 까서 갈아놓은 것들이었다. 간은 까나리액젓과 새우젓, 멸치액젓, 황석어젓을 썼다. 양념이 아주 커다란 통으로 한가득이었다. 이 많은 걸 다 쓸 리는 만무. 냉동 보관했다 내년에 겉절이 같은 것을 해먹어야지, 했다.

먼저 돌산갓과 깍두기와 무청, 섞박지를 버무리고 절인 배추에 듬뿍듬뿍 속을 넣었다. 그런데 배추를 반쯤 버무렸을 무렵, 그 많던 양념이 얼마 남지 않았다는 것을 깨달았다. 배추를 먼저 버무릴 것을, 너무 속이 많다 생각하고 다른 것들을 버무린 실수였다. 전보다는 양념을 조금씩 넣고 다 버무리고 나니 그래도 배추가 남았다. 다시 속을 만들 생각을 하니 난감했다. 때마침 동생네가 절인 배추를 갖고 가겠다 했다.

함께 김장을 한 시누이 걸 먼저 통에 담고, 시부모님에게 보낼 것, 그동안 도움을 준 몇몇 고마운 이들에게 보낼 것 등을 김장용 비닐봉투에 담고 이름을 써놓았다. 별건 아니어도 난생 처음 직접 농사를 지어 김장까지 하고 나니 스스로 대견했다.

김치 맛은 정말 좋았다. 크고 튼실한 배추를 바로 뽑아 절였고, 좋은 재료를 아낌없이 넣었는데 맛이 안 좋을 수가 없지. 뿐만 아니라, 이곳은 지하수 물맛이 아주 좋은 곳이다. 그래서 동치미도 넉넉히 담갔다. 김치 냉장고에 차곡차곡 넣고 보니 뿌듯하기 이를 데 없었다.

배추를 뽑고, 절이고, 재료 준비하고, 버무리는 데 꼬박 3일이 걸렸다. 시간도 시간이지만 허리가 끊어질 듯한 중노동이다. 그래도 절인 배추를 씻는 동안 모닥불 피워놓고 추위를 녹이며 떠오르는 달을 한참 바라보기도 하고, 배추 속을 넣다 바람에 날리는 나뭇잎들을 한없이 보면서 즐거웠다. 넉넉히 만들어 여기저기 나눠 먹는 기쁨도 컸다.

사 먹으면 되지, 라고 생각했던 적이 있었다. 그러나 반찬가게에서 음식을 사먹은 일은 거의 없다. 직장생활을 할 때도 반찬가게에서 반찬을 산 기억이 거의 없다. 맛있는 집밥은 집에서 만든 밥상이기 때문이다.

따끈한 밥 한 그릇에 잘 익은 김치 하나면 된다. 오랫동안 시부모님이 해주신 맛있는 김치로 먹고 살았다. 직접 해보니 그 수고가 얼마나 큰지 깨닫는다. 김장을 하면서 너무 힘들어서 내년엔 김장을 조금만 해야지, 생각했다.

"내년엔 배추와 무를 좀 더 심어야겠어. 너무 맛있잖아."

그런데 밥상머리에서 불쑥 이런 말이 튀어나오고 만다. 너무 맛있으니!

# 9. 풍성한 시골밥상

오래된 나무들에 햇빛이 비추는 모습을 아침마다 오래 바라본다.

해가 뜨면 아침이 되고 해가 지면 밤이 되는 일상을 살다, 나무에 비추는 햇살과 그 사이가 만들어내는 그림자를 보는 일상을 살면서 멍하는 순간들이 많다.

휴대폰을 들고 나는 곧잘 이곳의 풍경을 사진 찍는다. 그러나 사진으로 담아낼 수 없는 풍경은 또 얼마나 많은 지. 그래서 이곳을 찾아오는 사람들에게 때로는 오버하면서 저 나무를 보라, 저 햇빛을 보라, 저 사이 하늘을 보라고 말한다. 겨울 나무들이 겨울 하늘을 향해 뻗는 저 몸짓의 아름다움을 보라고 말한다.


고등어 한 마리를 굽고 파김치, 배추김치, 깍두기, 동치미로 저녁 밥상을 차리고 와인을 곁들였다. 강화도에서 보내온 쌀로 갓 지은 밥은 윤기가 흘렀다.

"아, 배가 안 불렀음 좋겠네."

금세 배가 불러와 절로 튀어나온 말이다.

몸무게도 쑥 늘어나 몸무게를 잴 때마다 먹는 것을 조절해야겠다고 생각하는데, 먹을 건 왜 그리 많고 입맛은 또 왜 그리 단지.

며칠 전에는 홍합 10킬로를 장작불에 삶아내 이웃집과 나누고 계곡물 소리를 들으며 깠다. 1월 얼음장 사이로 물 흐르는 소리가 제법 크게 났다. 살과 국물은 각각 보관, 국물은 청양고추 송송 썰어 말갛게 국도 끓이고, 기본 양념 국물로 써야지. 홍합 밥을 해서 양념장과 함께 비벼 먹어야지. 홍합을 까면서 풍성한 겨울밥상을 꿈꾸는데 잠깐 눈발이 날려 강아지처럼 뛰었다.

봄부터 겨울까지, 일 년 사계절 밥상이 풍성하다. 봄 내내 마당에는 냉이와 쑥, 민들레, 달래가 지천이다. 여린 쑥 조금 잘라 쌀뜨물로 국 끓이고, 냉이 몇 뿌리 캐서 된장으로 무치고, 달래는 양념간장으로 무쳐 생김과 함께 싸 먹는다. 묵은지를 넣고 고등어조림도 해 먹는다. 묵은지를 바닥에 깔고 위에 고등어 한 토막 올려놓고 은근한 불에 오래 졸이면 고등어 속살까지 김치 맛이 밴다.

조금 지나면 상추와 쑥갓, 치커리 등이 쑥쑥 자란다. 밥상을 차릴 때마다 마당에 나가 한 소쿠리 따서 지난해 담근 된장과 고추장을 기본으로 매실청 조금 넣고 마늘, 파, 참기름과 참깨 등을 넣어 쌈장을 만들어 쌈을 싸먹는다. 근대 잎 조금 잘라 멸치 다시 국물로 된장국을 끓인다. 쓴맛이 일품인 머위 잎을 끓는 물에 데쳐 강된장에 쌈 싸먹는다.

여름날 저녁에는 마당에서 따온 가지와 방울토마토, 호박, 양파, 할라피뇨 등을 데리야끼소스로 볶아내고, 그 곁에 연어 스테이크 한 토막을 곁들이면 근사한 밥상이 된다. 마당에서 따온 오이와 풋고추를 쌈장으로 무쳐내고, 호박잎을 쪄 양념간장을 곁들인다.

매일의 밥상이 너무 호사스러워 술을 곁들이지 않을 수 없다. 와인 한 잔이나 맥주 한 잔을 놓고 먹고 또 먹는다.

도시를 떠나길 참 잘했다, 밥상에서 자주 하는 말이다. 한 번씩 보고 싶은 이들이 있는 게 조금 안타까울 뿐, 다 좋다. 가끔 그들이 쓱 찾아온다. 장작난로를 피워놓고 넷플릭스로 영화를 보고 유튜브로 공연 영상을 본다. 개봉관으로 달려가지 않아도 되는 나이가 된 것도, 비디오 가게로 달려가야 하는 시절도 아니어서 참 다행이다. 매일 시골밥상을 대하며, 책과 음악과 영화가 풍성하니 무엇이 더 부러울까.

# 10. 이웃의 힘

너무나 친절한 이웃 덕분에 우리의 시골살이는 풍요롭고 재미나다.

김장 배추를 심는 날도 이웃에서 택일했다. 배추를 심기 전에도 이렇게 해라 저렇게 해라, 코치를 한다. 담장 하나 없이 마당을 같이 쓰는 두 이웃집은 한집같이 지내는데, 우리는 그 틈에 끼여 세 집이 한집처럼 지낸다.

김장 배추 모종을 사와 세 집이 나누었다. 나누었다고 하지만, 사실 우리집과 한 집은 100포기짜리 각각 한 판씩, 모종을 사온 염 사장 댁은 무려 800포기를 심었다. 염 사장 댁이 우리들의 대장(?)이다. 나는 그 집 안주인을 '사모님'

이라고 부른다. 그리고 또 다른 집은 맹 사장 댁인데 트랙터로 이 집 저 집 밭을 다 일궈준다. 두 집 모두 도시에서 살다 왔는데, 마음 씀씀이가 보통 사람들 이상이다.

김장 배추와 무를 심는 날, 염 사장 댁은 사모님네 6남매가 일제히 온다. 누구는 모종을 심고, 누구는 씨앗을 뿌리고, 누구는 밥상을 차린다. 김장을 할 때도 일제히 와서 배추를 뽑고, 절이고, 양념을 다듬고, 버무리고, 통에 담아낸다.

김장 날, 6남매를 비롯 각각의 자식과 사돈 들에게까지 보낼 통을 쭉 늘어놓은 모습은 장관이다. 배추김치와 동치미, 파김치, 갓김치, 깍두기 등 종류도 다양하다.

봄날 감자를 심을 때도, 배추 모종을 심을 때도, 가을 들깨를 터는 날에도 그렇다. 그럴 때마다 6남매 12식구가 한자리에 모여 잔치를 벌인다. 때로는 토종닭을 열댓 마리 잡고, 어떤 날은 수육 열댓 근을 가마솥에 삶는다. 우리는 그들 속에 끼어 먹고 또 먹는다.

배추 모종을 심는 때는 8월 말, 아직 여름인 오늘은 콩국수를 삶아냈다. 밤새 불린 서리태를 껍질 까서 곱게 갈고, 밭에서 딴 오이와 방울토마토, 거기에 닭장에서 막 꺼낸 계란을 삶아 반을 똑 갈라 넣었다. 열댓 명이 다 같이 먹는데 내가 제일 먼저 그릇을 비우고 일어났다. 어찌나 맛있는지, 더 먹고 싶었지만 남자들도 양이 많다고 하는 양이었으니 배가 불러 더는 먹을 수가 없었다.

살면서 가장 아름다운 모습 중 하나가 이렇게 어우러지는 모습이다. 형제간에 함께 어우러지고, 이웃간에 어우러지고. 좋은 이웃 덕분에 이런 멋진 풍경 속에 들어가 우리도 어우러진다.

첫 김장 때 일이다.

사모님은 당신네 하고 난 다음 날 우리더러 김장을 하자고 했다. 그러나 아무래도 나서서 해주실 것 같아 우리도 같은 날 김장을 했다. 당신네 일을 하다 보면 우리까지 신경을 못 쓸 것 같았기 때문이다. 그러나 웬걸. 당신네 김장을 하면서 우리집까지 왔다갔다, 일을 봐주셨다. 밤새 배추가 잘 절여지는지, 김치 속은 간이 맞는지, 통에 김치는 제대로 넣는지.

그런데 사모님만 혼자 왔다 갔다 하시는 게 아니었다. 형제들이 마치 당신네 집이듯 와서 일을 거들었다. 덕분에 나는 난생 처음 한 김장 60포기를 수월하게 끝낼 수 있었다.

"어떻게 이렇게들 오셔서 일을 하세요?"

"내가 안 하면 우리 누나가 고생하잖아요."

우리집으로 통을 날라주던 사모님 막내 동생에게 물었을 때 그가 한 말이었다. 내가 안 하면 누나가 고생하니 일을 한다는 말에 그만 걸음이 뚝 멈췄다.

알고 보니 그 동생은 처음 대학에 합격하고도 가지 않았다고 했다. 아버지가 일찍 돌아가시는 바람에 큰형이 동생들 뒷바라지를 했는데, 막내인 그가 대학에 들어갈 무렵 큰형이 대학 등록금을 대줄 형편이 안 됐다.

큰누나가 대준다 했더니 그는 "그러면 형이 얼마나 미안하겠냐."라면서 입학을 포기했다는 것이다. 물론 다음 해에 대학을 가긴 했지만, 보통 사람이라면 감히 생각조차 하지 않았을 일이다. 50대 후반으로 접어들었지만 아직도 청년 같은 그가 어찌나 멋있는지, 나는 함께 걸으면서 그를 보고 또 봤다.

맹 사장 댁도 동생들이 모두 와서 같이 배추 모종을 심고 씨앗을 뿌렸다. 집집마다 잔칫집. 콩국수와 함께 소주 한 잔을 먹은 남편은 고라니 망을 마저 치고, 쪽파 모종을 심느라 여념이 없었다. 나는 그 틈에 하얗게 쌀밥처럼 피어난 부추꽃을 사진 찍고, 책방과 카페에 간간이 오는 손님을 맞이했다.

# 11. 봄을 기다리며

아침에 일어나니 밤새 소나무 숲과 버드나무 숲과 전나무와 감나무 들에 하얀 눈이 소복하다. 항아리에도 눈이 소복이 쌓였다. 어느 새 남편은 집 계단과 입구 등의 눈을 치우고 있었다.

옷을 단단히 입고 휴대폰 카메라를 이곳저곳에 들이댔다. 눈으로만 보기에 아까운 풍경들. 그러나 아름다운 풍경이 사진에 다 담아지지 않는다. 특히 큰 나무들이 갖고 있는 우람함은 좀처럼 담아지지 않는다. 병풍처럼 둘러쳐진 소나무 숲도 사진에 다 담을 수 없다.

전체를 담는다는 것은 불가능하다. 전체를 이야기하는

것도 불가능하다. 누군가를 안다는 것도 불가능하다. 그래서 그 사람은 그렇다, 라고 말할 수 없음에도 불구하고 몇 가지 단서만 갖고 그렇다, 라고 이야기한다. 부분만, 내가 아는 그 부분만 보이고, 그것만 알 뿐이다.

사진 찍는 기술이 그닥 없는 나 같은 사람은 작은 것들, 소소한 것들을 바짝 렌즈로 들이대면 예쁜 사진이 나온다. 소소한 일상의 부분들이 오늘을 만들고 소소한 풍경들이 모여 큰 풍경을 만들어낸다.


꽃만 보면 바깥의 찬 공기가 실감이 나지 않는다. 히비스커스와 페라고늄은 겨우내 꽃이 피고 졌다. 꽃이 지면 다른 봉오리가 벙그러졌다. 산세베리아도 꽃을 피우고, 다육이도 꽃을 피우고, 크리스마스 때마다 꽃을 피우는 게발선인장도 봉오리가 가득하다. 안에서 자라니 계절과 무관한 것도 있고, 제 계절을 찾는 것도 있다. 어쩌다 보니 절로 피어난 것도 있고, 부지런히 관리한 것이 꽃을 피운 것도 있다.

식물을 키우다 보면 저들도 저마다 살아가는 방법이 있어 보인다. 비록 좁은 화분에 뿌리를 내렸지만 각자의 무게

만큼 견디며 살아내는 것. 매일 저들 하나하나를 만지다 보니 조금 그들의 속내를 알 수도 있으련만, 앞에서 말을 하는 사람 속도 모르는데 싶다. 속내를 안다고 하는 건 어쩌면 욕심이지 싶다.

봄을 기다린다. 봄날 새순 돋아날 것들을 기다린다. 겨울을 지나고 땅 속에서 올라오는 것들은 약이다. 부추와 냉이, 쑥, 달래, 시금치, 머위 같은 것들의 향내가 그립다. 그것들이 갖고 있는 단맛과 쓴맛 들이 그립다.

지난 봄 미처 맛을 보지 못한 화전을 올봄에는 꼭 해먹을 생각이다. 『만년의 집』을 읽다 그 생각이 더욱 간절해졌다.

"어떻노, 맛있제? 이거를 묵으마 몸에 봄이 온다 안카나. 그카고 몸속에 나쁜 거는 이기 전부 내보낸다 안카나. 마이 묵으레이." (『만년의 집』 중에서, 강상중 지음, 사계절 펴냄)

강상중 선생의 어머니가 했던 말이다. 몸으로 봄을 맞이

한다는 이 멋진 말에 몸이 저렸다. 봄 산에 순하게 피어날 진달래 꽃잎이 눈에 선했다. 진하지 않은 연분홍빛으로 드문드문 피어난 진달래를 보면 마음이 간지럽다. 가까이 간다고 해서 더 예쁜 척하지 않는 꽃. 오히려 그 순한 모습에 멀리서 보는 게 더 아름다운 꽃. 그래서 이곳에 이사 온 이듬해, 진달래를 소나무 숲 아래로 길게 심고 멀리서 바라본다. 그래도 사람 마음이 멀리서만 보게 되지 않아 꼭 가까이 가서 그것들을 한참 이쪽에서 보고 저쪽에서 본다.

## 12. 또 봄을 기다리며

커다란 나무들이 그늘을 만드는 곳들은 쉽게 눈이 녹지 않는다. 며칠 전에 내린 눈이 곳곳에 그대로 남아 있다. 겨울 햇살이 쨍한 아침, 아직 녹지 않은 눈 덕분에 더 풍경이 환하다. 춥지만 겨울바람이 상쾌하다.

겨울바람이 몹시 찼던 오래전 어느 아침. 아이가 말했다.

"엄마, 바로 이게 겨울바람이에요. 차갑고, 날카롭고, 시원하고. 쇼팽의 '겨울바람' 같은."

행복은 시나간 후에 깊이 와 닿는다. 이이가 아직 어렸을 무렵, 서둘러 아이를 학교에 보내고 나는 또 서둘러 일터로 나가야 했던 시절. 공부가 우선인 것으로 키우지 않겠다고 생각했는데 중학생이 되고 고등학생이 되었을 때는 나도 공부, 공부하고 있었다.

왜 주변엔 그렇게 공부 잘하는 아이들이 많은지, 왜 그렇게 아이를 잘 키웠다고 말하는 사람들이 많은지. 얇은 귀를 갖고 있어 이리저리 휘둘리는 것은 또 얼마나 많았는지. 내가 사는 일도 그렇지만 아이를 키우는 일도 끊임없는 시행착오의 연속이다.

공부를 잘하고 그래서 좋은 학교, 번듯한 직장을 가지면 성공했다는 생각들 틈에서 공부를 잘하지 못해도 그래서 좋은 학교를 가지 못해도, 번듯한 직장이 아니더라도 괜찮다는 생각이 많아지는 사회가 가능할까.

사실 성공이라는 단어는 얼마나 무색한가. 사는 일이 그리 만만치 않은 일이어서 매일매일 하루하루를 잘 살아내는 일이 쉽지 않지만 어느 날 문득 '겨울바람'을 생각할 수 있다면 좋겠다는 생각. 그야말로 질풍노도의 시절을 보내는 동안, 어느 날 문득 그런 생각만으로 잠시 쉴 수 있으면 좋겠다는 생각.

아이가 낯선 풍경을 볼 줄 알았으면 좋겠다. 매일 삶의 풍경이 같더라도, 매일 만나는 사람이 같더라도 낯설게 바라볼 수 있다면 매일은 얼마나 새로울 것인가.

안타깝게도 오늘날 사회 분위기 속에서 자라나는 아이들은 존엄성을 깨달을 수 없다. 적합한 경험을 바탕으로 존엄성을 구축하고 의식화하는 과정을 밟지 못하고 있는 것이다. 오히려 그 반대다. 아이들을 갈수록 더 어린 나이에 어른들의 목적과 평가, 전략을 위한 대상이 되고 있다.

가정 내에서도 마찬가지다. 아이가 존재 자체만으로 가치가 있으며 부모의 기대에 부응하지 않아도 여전히 사랑받는 것을 아이가 느끼고 경험하도록 돕는 부모는 많지 않다. (중략) 설사 가정 내에서 이와 같은 경험을 할지라도 아이들은 언젠가 타인의 수단이 되는 경험을 피할 수 없다. (「존엄하게 산다는 것」 중에서, 게랄트 휘터 지음, 박여명 옮김, 인플루엔셜 펴냄)

『존엄하게 산다는 것』을 읽다 흙이 그리워진 것은 현재 시골에서의 내 삶이 도시에서의 삶과 비교할 때 너무나 차이 난다는 것을 깨달았기 때문이다. 얼마나 빨리빨리 살았나. 특히 성격이 급한 나는 일 앞에서는 지금도 빠름을 택하고 있지만, 그 근본이 다르다.

이곳에서 만나는 사람들을 내가 만약 도시에서 만났다면 아마도 다른 잣대로 그들을 볼 것이다. 목표를 향해 달려가면서 만나는 사람과 이곳에서 만나는 사람과는 다르다. 같은 사람도 어떤 모습으로 만나느냐에 따라 달라진다. 이곳에서는 물질에 덜 현혹되고, 나와 다른 사람들을 사회의 잣대로 평가하지 않는다.

이곳에서 내가 누구와 경쟁할 것도 없고, 기죽지 않으려고 명품 백이라도 들고 나가 고급 식당에 앉아 있을 일도 없다. 누가 어떻고 저떻고 이러쿵저러쿵 이야기할 거리가 없다. 좋은 책을 읽고 설레는 마음으로 작가를 초대하고, 장작불 앞에서 좋은 사람들끼리 모여 앉아 시를 읽고, 고구마를 구워 먹고. 이런 일을 통해 누군가와 함께 웃고 울고.

그러다 일이 지친다 싶으면, 욕심을 부린다 싶으면 내가 할 수 있는 만큼만 하고 밖에 나가 나무를 본다. 풀을 뽑는다. 나를 잃지 않는 게 가장 중요하다.

어서 봄이 왔으면 좋겠다. 그래서 손에 흙을 묻히고 싶다. 손톱 끝에 흙 때가 묻고, 햇빛 아래 쪼그리고 앉아 다리가 저리고, 몸에서는 땀이 났으면 좋겠다.

노동을 한 저녁, 냉이 조금 캐서 국을 끓이고, 달래 조금 캐서 간장에 무쳐 들기름을 넣고 비벼서 돌김에 싸 먹고 싶다. 겨우내 묵은 김장김치를 쭉 찢어 그대로 수저에 얹어 먹고도 싶다. 양념에 쓱쓱 버무린 봄동도 얼른 먹고 싶다. 그 봄이 이제 곧 온다.

# 시골책방입니다

**초판 1쇄** 2020년 5월 6일
**초판 4쇄** 2024년 5월 15일

**지은이** 임후남

**펴낸곳** 생각을담는집
**디자인** niceage
**제작처** 올인피앤비

**주소** (17167) 경기도 용인시 처인구 원삼면 사암로 59-11
**전화** 070-8274-8587 **팩스** 031-321-8587
**이메일** seangak@naver.com
**블로그** https://blog.naver.com/seangak

ISBN 978-89-94981-77-2 03810

* 이 책의 판권은 저작권자와 생각을담는집에 있습니다.
* 이 책의 내용의 일부 또는 일부를 재사용하려면 양측의 서면 동의를 받아야 합니다.

생각을담는집은 다양한 생각을 담습니다. 출판 문의는 생각을담는집 블로그 및 이메일을 통해
가능합니다.